小学館文庫

恋ふれば苦し　ゆめうら草紙

深山くのえ

小学館

目次

第一章

夢かうつつか寝てかさめてか

廊は暗く、春だというのに底冷えがした。

先導する女房の手燭《てしょく》の灯《あか》りは頼りなく、行く末への不安をいっそうかき立てる。

これから、会ったこともない人の隣りでひと晩をすごさなくてはならない。とても眠れやしないだろう。

いや、眠る必要はないのだ。ただ、ひと晩そこにいることが重要で。

それは相手にとって、子供から大人となる儀式のひとつであり、自分にとっては、家の確たる出世がかかった役目。生まれたときから定められていたといってもいい、大事な大事な役目の、今夜が始まりなのだ。

失敗は許されない。ただひと晩そこにいるだけだとしても、相手に気に入られなければならない。どうすれば間違いなく気に入ってもらえるかなど、誰も教えてはくれなかったが。

皆、そうなのだ。いかに重い役目なのかは語るくせに、役目をまっとうするために何をすればいいのかは教えられず、あなたなら大丈夫としか言わない。最後は結局、こちらに何もかも任される。

怖い。どうすればいいのかわからない。本当は行きたくない。逃げたい。

気持ちとは裏腹に、女房はどんどん先へ進んでいく。

ここまできたら後戻りはできないのだ。わかっている。これが自分の務め。弱気になってはいけない。

……わたくしは、左府《さふ》の娘。

これから東宮妃となり、いずれは女御として皇子を産み、立后され、国母《こくも》となる。

それが己に課された役目。父から聞かされ続けた、太政大臣《だじょうだいじん》たる祖父の悲願。

今夜はその第一歩。

しっかりしなくてはいけないのに、指先が冷たい。扇がやけに重く思える。

もう、幾つの廊を渡っただろう。

と――先導の女房が立ち止まった。妻戸を開ける。中に入るよううながされた。

いよいよだ。

建物の中は一定に置かれた燈台《とうだい》の灯りで外よりは明るいが、あたりが静まりかえっているのが、空恐ろしい。

……どうか、どうかこれから会う方が、やさしい人でありますように。

願うのは、もうそれしかなかった。

先導の女房が奥へ奥へと進む。やがて廂《ひさし》の先に、ひときわ明るく灯りが漏れる場所があった。近づくとそこだけ御簾《みす》がすでに上げてあり、女房がくぐって中に入る。

そのあとに続くと、そこかしこに立てられた燈台の灯りに目がくらみそうになり、
思わず扇でさえぎった。こんなに明るくしなくてもいいだろうに。

――みこの宮様。

先導の女房が、御帳台《みちょうだい》の前に置かれた几帳《きちょう》に向かって声をかける。

――みこの宮様、四条の大臣の姫君がお見えになりましたよ。

返事がない。いや、声はしたような。

――いかがされました、みこの宮様?

女房も、気づいたようだった。

そう、これは、うめき声。ひどく苦しげな、これは。

――みこの宮様……!

几帳の切れ目から中を覗《のぞ》いた女房が、悲鳴まじりの声を上げて仰《の》け反る。はずみで几帳が倒れ、御帳台の内が露《あら》わになった。

白い単《ひとえ》を着た少年が、両手で頭を押さえてのたうっていた。すでに被《かぶ》り物《もの》は外れ、髪もほつれて乱れている。食いしばった歯の隙間からは、獣のうなりに似た声が漏れていた。

尋常ではない。

――誰か、誰か来て……！

女房の叫びに、あちこちから人の集まる気配がする。

侍医《じい》を、祈禱《きとう》を、と周囲が騒ぎ始め――

うっすらと目を開け、それがいつもの光景であることに気づく。

文机《ふづくえ》。二階棚。衣箱に几帳。……間違いなく自分の部屋。

「……」

晶子《あきこ》は大きく息を吐き、寝返りを打った。

またあのときのことを夢に見たのか。もう十年も経《た》っているというのに。

のろのろと身を起こして、耳をすます。厨《くりや》のほうで物音がした。もう朝餉《あさげ》の支度が始まっているのか。それなら、起きてもいいころだ。

晶子は起き上がると、寝床から出た。御簾を上げると、外の廂に毎朝雑仕女《ぞうしめ》が用意してくれる水を入れた角盥《つのだらい》が置いてあり、それで顔を洗ってから、櫛箱《くしばこ》から鏡と櫛を取り出し、あくびを嚙《か》み殺しながら髪を梳《す》く。

独りでの身支度もこの十年ですっかり慣れたが、髪もだいぶ伸びたので、だんだん億劫《おっくう》になってきた。

……本当に出家してしまえば、髪の手入れも楽だし、あんな夢も見なくなるかしら。

そんなことを考え――鏡に映る己の顔に、自嘲気味に笑う。

十年が経ったのだ。これ以上髪を伸ばして、何の意味があるだろう。尼君たちも、いまならさすがに反対しないのではないか。近いうちに相談してみよう。

晶子は衝立《ついたて》に掛けてあった紫と二藍《ふたあい》の萩重《はぎがさね》の袿《うちき》を取り、袖を通して部屋を出る。厨へ向かおうと廂を進むと、女たちの元気な話し声が聞こえてきた。

「――笑いごとじゃないですよ、本当に怖かったんだから！」

「えー、それは笑うわよ……」

聞き覚えのある声だ。廂の角を曲がると、まだ薄暗い庭先に小袖姿の十二歳ほどの少女が、簀子《すのこ》には尼僧が一人いた。

「おはようございます、三《さん》の尼君《あまぎみ》。それに小稲《こいね》ちゃんも」

「あら、おはよう、子《ね》の姫」

ゆったりと振り返った尼僧は三の尼君といい、年のころは四十を幾つかすぎたくらいで、晶子と同じくこの庵《いおり》に暮らしている。少女は小稲といって、近所の郡司《ぐんじ》の娘だ。母親を早くに亡くしており、そのせいか女ばかりのこの庵によく顔を出すのだが。

「小稲ちゃん、今朝はずいぶん早いじゃないの。何かあった？」

「おはようございます子の姫様！　聞いてください！　三の尼君は笑うけど、あたし本っ当に怖かったんですから！」

「怖かった？」

「怖い夢を見たんですって。それで飛んできたっていうのよ」

三の尼君が笑いながら、晶子に手招きする。晶子は三の尼君の隣りに腰を下ろした。

「夢？　どんな？　わたくしにも聞かせて」

「鳥に食べられそうになったんです！」

「……はい？」

晶子は目を瞬かせたが、小稲は両手をいっぱいに広げ、ばたつかせる。

「こんなに！　こーんなに大きい鳥だったんです！　それが空からひゅぅって下りてきて、あたしの頭を、ばくっと……」

「食べたの？」

「食べられそうになったところで目が覚めたんです！　あー怖かったぁ……」

「……」

晶子は思わず、三の尼君を振り向いた。三の尼君はようやく笑いをおさめる。

「そんなに怖くないでしょ？」

「そうですね。追いまわされたなら怖いかもしれませんけれど、いきなり下りてきたというなら、驚くだけかも……」

「えぇ!? うそ、怖いでしょ!?」

「それは小稲ちゃんが、特に鳥が嫌いだからでしょう」

小稲は小さいころ、烏《からす》に頭をつつかれたことがあるとかで、大きな鳥を苦手にしているのだと、聞いたことがあった。

「子の姫様だって、あんな大《お》っきな鳥なら、絶っ対怖いですから！ 爪もこーんなに鋭くて、八つ裂きにされるかと思ったんですから！」

「鷹《たか》や鳶《とび》みたいな？」

「そうです！ そう！ きっと鷹か鳶でした！ 怖いでしょ!?」

「そうねぇ……」

笑いそうになる口元を袖口で隠しつつ、ちょっと考える。

巨大な鳥の夢と、今朝自分が見た昔の夢。いったいどちらが怖いかといえば。

「……いいわ。それじゃ、小稲ちゃんのその夢、わたくしが買うわ」

「へっ？」

「あら、買うの？」

三の尼君が愉快そうに、晶子を見た。

「ええ。わたくしも今朝、少し夢見が悪くて。鳥に頭をかじられるほうが、ましかもしれません。――小稲ちゃん、ちょっと待っていてね」

晶子は自分の部屋にとって返すと、手箱に入れておいた小袋の中身を幾つか懐紙に包んで、小稲のもとへ戻る。

「はい、これ。夢のお代よ」

「何ですか？　――あっ、甘栗《あまぐり》！　ひのふの……八つもある！」

「これで鳥の夢はわたくしのものだから、小稲ちゃんはもう怖がらなくていいわよ」

「よかったぁ！　子の姫様、ありがとう！」

小稲は甘栗の包みを大事に両手に持ち、喜び勇んで帰っていった。

その後ろ姿を見送りつつ、三の尼君が苦笑する。

「何の鳥だったのかしらね。鷹ならむしろ、縁起がいいでしょうに」

「ええ。案外、縁起のいい夢だったのかもしれませんね」

「そう思って買ったの？」

「まさか」

晶子は口の端に、微《かす》かに皮肉めいた笑みを浮かべた。

「あれだけの夢では、善《よ》し悪《あ》しはわからないでしょう。わからないからいいんです。あからさまに縁起のいい夢なんて、かえって胡散臭《うさんくさ》いですから」

「……吉夢は胡散臭いの？」

「わたくしは、そう思っています」

怪訝《けげん》な顔をする三の尼君に、晶子は肩をすくめてみせる。

「別に、吉夢でも凶夢でも、どちらでも構わないんです。わたくしが買って、それで小稲ちゃんが安心できるなら、いいじゃないですか」

そう——あのときの、あれ以上に「縁起のいい」夢なんてない。

そして、あれ以上に信用できない夢も。

「さて、仏間を開けてきます。そろそろ大尼君《おおあまぎみ》と中《なか》の尼君《あまぎみ》もお目覚めでしょうから」

三の尼君に背を向けて、晶子は奥に戻る。

そのまま聖観音菩薩像《しょうかんのんぼさつぞう》が祀《まつ》られている部屋へ行き、格子を上げた。冴《さ》えた風とともに、昇ってきたばかりの日の光が差してくる。

……夢なんて、当てにならない。

晶子は簀子に出て、朝日に浮かび上がった山に向かって頭を垂れた。

晶子が生まれたころ、宮中では権力争いの真っ最中だった。

当時、政治権力を二分していたのは、左大臣を家長とする四条藤原家《しじょうふじわら》と、右大臣を家長とする室町《むろまち》藤原家。

二家はそれぞれ娘を女御として後宮に入れていたが、なかなか皇子が生まれなかった。そんな中、最初に皇子を産んだのは、この二家の娘ではなく、父親の身分が少々劣るものの、時の帝《みかど》に熱望されて入内《じゅだい》した女御だった。

しかし同じ年、それもたったふた月の遅れで四条藤原家の女御も皇子を産み、その二年後には室町藤原家の女御も皇子を産んだのだ。

帝の寵愛《ちょうあい》が最も深い女御所生《しょせい》の一の宮。同い年で左大臣家所生の二の宮。右大臣家所生の三の宮——三人の皇子の、いずれが立太子されるのか。

後ろ盾の強さを考えれば二の宮と三の宮の一騎討ちにも思えたが、どちらも譲らず決め手に欠くということになれば、長子であり帝が最愛の一の宮を選ぶという可能性もあった。

三すくみのまま立太子の問題は何年も膠着《こうちゃく》状態にあったが、いずれが東宮となるにせよ、その東宮に妃《きさき》が立てられるのは間違いないことで、こちらの件で先んじたのは四条藤原家だった。

一の宮と二の宮が生まれたのと同じ年、晶子は四条藤原家に誕生した。祖父は左大臣、父親はその嫡男で母親は先帝の末の皇女と、血筋は申し分なく、三人の皇子とも年が近い。晶子は生まれたときから東宮妃となる宿命を背負っていた。

室町藤原家に将来の東宮妃に適した女子がなかなか生まれずにいるあいだ、晶子は順調に妃教育を受けつつ成長していた。

均衡が崩れたのは、晶子が十一歳のとき。右大臣が急病であっというまに亡くなってしまったのだ。もちろん右大臣にもすでに齢《よわい》三十を越えた嫡男がいたが、左大臣に対抗できるほどの政治手腕はなかった。

一の宮の後ろ盾はもとより弱い。帝も左大臣との関係を悪化させてまで我を通そうとはせず、二の宮の立太子が決まった。同時に晶子がいずれ二の宮の妃になることも内定した。

ほどなく晶子の祖父である左大臣は太政大臣となり、父も左大臣に昇進した。権力は、四条藤原家の手中に納まった。お膳立ては、いよいよ整ったのだ。

東宮は十四歳での元服が決まり、先に裳着《もぎ》をすませていた晶子が、東宮の添《そ》い臥《ぶ》しをすることになった。

添い臥しとは、東宮や皇子が元服した夜、公卿《くぎょう》の娘などがひと晩添い寝をすることだが、選ばれた娘は後にそのまま妻となることが多かった。というより、いずれ夫婦とするつもりがあるからこその添い臥しなのだ。

添い臥しの役目は、晶子の東宮妃としての始まりであると言ってよかった。

その夜、晶子は内裏へ参内した。

後宮の桐壺《きりつぼ》で元服をすませた東宮は、母女御と一緒に暮らしていた麗景殿《れいけいでん》を出て、そのまま桐壺に住まいを移したため、晶子も女房に案内されて桐壺に入った。

ところが——晶子が桐壺に到着したちょうどそのとき、東宮は寝所で頭痛を訴え、ひどく苦しがっていた。ただちに典薬寮《てんやくりょう》から侍医が呼ばれ、加持祈禱も行われたが、東宮は夜明けを待たずにそのまま身罷《みまか》ってしまった。

晶子は桐壺の片隅で、人々の混乱から悲嘆までを見ていた。見ているしかなかったのだ。東宮の急変に大騒ぎする女房たちは、晶子の存在などすっかり忘れていた。晶子がようやく迎えの牛車に乗って内裏を退出できたのは、翌日すっかり明るくなってからだった。

恐ろしい夜を過ごし、やっとの思いで帰宅した晶子は、しかし、ひと息つくことも許されなかった。東宮急逝の一報が間違いないことを知った晶子の父、是望《これもち》が、激怒したのだ。

二の宮を東宮とすることは、そして家から東宮妃を出すことは、四条藤原家の悲願だ。それなのに一家の願いを託した晶子が東宮のもとへ着くなり、東宮が亡くなってしまった。

何と不吉な娘なのか。東宮は元服の儀式の最中、何も具合の悪い様子はなかった。それなのに、いったいどんな物《もの》の怪《け》を桐壺に引き入れてしまったのか。東宮が身罷ったのは、おまえのせいではないか。おまえのような不吉な娘を、この家に置いておくわけにはいかない。出家して御仏《みほとけ》におすがりしろ——

東宮急逝で冷静さを欠いた是望は、乳母や女房たちが止めるのも聞かず、おびえて涙を流す晶子の長い髪を、ばっさり切り落としてしまった。后《きさき》がねとして育てられた晶子が、父によって不要だと切り捨てられた瞬間だった。

乳母は何とか思い直すよう、是望の説得を試みたが、髪を切られた晶子は、もはや絶望しきっていた。必死に家のために生きてきたことを、すべて否定されたと思ったのだ。

自分の人生は何だったのか。

これまで生きたことに、何の意味もなかったなんて。

そのときようやく別の対の屋にいた晶子の母が駆けつけてきて、是望を強くなじったが、晶子は尼寺を探してくれるよう母に頼んだ。早まってはいけないと言う母に、晶子は、こんなに髪が短くなってはもう普通の生き方は望めない、こうなってしまったからにはきちんと出家して余生を過ごすと、頑として譲らなかった。

娘の決意の固さにとうとう母も折れ、母の乳母の親類である三姉妹が出家して大和《やまとの》国《くに》に庵を構えて暮らしているので、そこで世話になれるよう手配してくれた。

初め、晶子の乳母と乳姉妹も出家してともに大和へ行くと言ったが、晶子は許さなかった。乳姉妹には好いた男がいることを知っていたので、巻きこみたくはなかったのだ。出家は独りでするもの、そのかわり、今後の暮らしで何かと不便なこともあるだろうから、困ったときは知らせるので都にいて助けてほしい、乳姉妹もいずれ結婚したら乳母とともに力になってほしいと言い含め、単身、大和国へ下った。

移り住んだ庵は昔々に都があった地にあり、庵というにはなかなか立派な建物で、貴族の別宅と言われても不思議のない造りだった。

庵に住んでいたのは年のころ三十五前後の三姉妹で、姉の大尼君とその妹の中の尼君は出家して五年目、末の妹の三の尼君は出家二年目で、父親がかつて大和守を務めており、その縁で所領を持っていたためこの地に暮らしているという話だった。

晶子は本当に出家するつもりで、庵に入ったのだ。だが、ここに至る事情を詳細に聞いた尼僧三姉妹は、晶子の出家に口をそろえて反対した。

曰《いわ》く、髪は伸びるものだ、と。

まだ十四歳の身空で俗世を捨てる決断は早すぎる。そもそもあなたには何の落ち度もない。不吉だと言っているのも父親だけ。こんな理不尽に付き合ういわれはない。東宮妃にはなれなくても、髪が伸びれば結婚はできるだろう。出家ならいつでもできる。落ち着いてからよく考えるといい——

晶子を説得しつつ、東宮の死の責任を娘に押しつけた是望を罵り非難する三姉妹の気迫に圧倒され、晶子はひとまず出家を保留にした。そうせざるをえなかった。

庵には食事や身のまわりの簡単な世話をしてくれる雑仕女は何人かいたが、基本的には自分のことは自分でやる生活で、数多《あまた》の女房にかしずかれて生きてきた晶子には苦労の連続だったが、それでもそんな暮らしに少しずつ慣れるにつれ、考え方も変わってきた。

そう。自分は何も悪くなかった。

そもそも東宮の元服なのだから、あの日は選び抜かれた吉日のはずなのだ。そして自分が桐壺に到着したとき、東宮はすでに苦しんでいた。自分が影響したとは思えない。二人きりにさえなっていないのに、どうして自分のせいであろうか。

あとで知ったことだが、晶子の髪を切ったことについて、太政大臣である是望の父、つまり晶子の祖父は激怒したそうだ。東宮の急逝は悲しむべきことだが、晶子と亡き東宮の婚姻はまだ成立していなかったし、すぐに次の東宮は選ばれる。いずれの皇子が東宮になっても晶子とはそれほど年は離れておらず、晶子は充分次の東宮妃になりえたのだ。だが是望が髪を切ってしまったため、それはかなわなくなった。

息子の短慮をなじりはしたが、太政大臣は晶子を都へ呼び戻そうとはしなかった。髪の短い、次の東宮妃になれない女など、家に置いておいても仕方がない。そう考えたのだろう。

晶子には母を同じくする六歳下の妹がいた。次の東宮には一の宮でも三の宮でもなく、亡き東宮と同じ女御から生まれた五歳下の弟、四の宮が立てられ、その東宮妃には晶子の妹が内定したという。

結局、四条藤原家の役に立たない娘など、いなくてもいいのだ。非があるかないかなど、二の次なのだ。

晶子はすっかり冷めた。家のためにとこれまで努力してきたのが、ばからしくなってしまった。尼僧たちの言うとおり、こんな理不尽に付き合うことはない。

無理やり髪を切られた頭が、とても軽い。ここで好きに生きてやろう――

晶子はやりたいことを片っ端からやってみることにした。

まず十年ぶりくらいに、自分の足で外を歩いてみた。顔を人前にさらすのが恥ずかしくて、初めは頭に衣を被って庵の庭に出てみただけだったが、次第に外の景色への興味が勝り、尼僧たちとともに野草摘みや花見にも出かけるようになった。そうしているうちに恥ずかしさも薄れ、いつのまにか扇を持ち歩かなくなっていた。

家の中では自分のことはなるべく自分でしなければならないため、動きまわるのが日常になった。動けば腹も空《す》くので、好きなものを腹いっぱい食べてみた。着るものも自分で仕立て、針仕事の腕が上がり、外で知り合った近所の若い女たちにちょっとしたものを縫ってやり、その礼に瓜《うり》や青菜をもらうこともあった。

暮らし向きを案じた母や乳母が米や菓子、布、楽器に絵巻など、様々なものを送って寄越《よこ》したが、楽器も絵巻も、手に取るのは雨の日くらいのものだった。

四条藤原家では考えられないような暮らしをするうちに、一年が経ち、二年が経ち――いつのまにか十年が経っていた。

晶子の生活は、もはや完全にこの庵になじんでいる。東宮妃となるため積み重ねてきた日々は、もう、すっかり遠いものになっていた。


突然強い風が吹きこみ、室内の几帳が大きく揺れた。文机に向かって何か書きものをしていた三の尼君が、声を上げる。

「いやだ、紙が……」

振り向くと、青や白の料紙が床のあちこちに散らばっていた。

「あらあら。そんなところに出しっぱなしにしておくからよ」

仏前に供える花を生けていた大尼君が、手は止めないまま横目でちらりと三の尼君を見て、呆《あき》れ顔《がお》をする。

「こっちにも落ちているわよ、三《さん》の子《こ》。……急に風が出てきたわね」

中の尼君は縫い物を中断し、飛んできた料紙を拾いつつ、外の様子をうかがった。

風に雲が流されているのか、日が陰ってあたりが薄暗くなる。

中の尼君の横で同じく針仕事をしていた晶子も、手を止めた。

「手元が暗いですね。灯り、点《つ》けますか？」

「その前に格子を下ろさないと、点けても風で消えちゃうわよ」

「――今日はそこまでにしておいたら？　それ、急ぎのものじゃないんでしょ？」

大尼君は竹筒で作った花入れに葛《くず》の花を生けながら、晶子に目を向ける。

晶子と中の尼君が縫っているのは、冬に着る袷《あわせ》だった。たしかに、まだようやく夜に虫の声を聞き始めたばかりの時季なので、急いではいないが。

「それに、子の姫、眠いのではないの？　さっきからあくびばかりして」

大口を開けてあくびをしていたわけではなかったはずだが、大尼君には見つかっていたらしい。晶子はちょっと肩をすくめる。

「今朝は寝起きが悪かったもので、すっきりしなくて。見苦しくてすみません」

「そういうときは、少し寝てしまうといいわよ。どうせ雲が切れるまで縫い物はやりづらいんだし、昼寝してきたら？」

言いながら、中の尼君はもう針を片付け始めていた。

「そうですね。それじゃ……いいですか？」

「いいわよ。私も昼寝しようかしら」

「三の子は、紙を全部拾ってからにして。まだあっちに飛んでいるのよ」

「え？　どこ……？」

「姉子《あねこ》の後ろにもあったわよ」

三姉妹たちはそれぞれを、姉子、中《なか》の子《こ》、三の子と呼び合っている。

晶子は縫い物の道具をしまい、几帳の陰に落ちていた白い料紙を拾って、三の尼君に手渡した。

「これも、どうぞ。……それじゃ、ちょっと失礼しますね」

「はーい。夕餉《ゆうげ》になったら起こしてあげるわね」

「それじゃ寝すぎでしょう……」

「あ、中の子、それ取って。袖の下にも紙が……」

かしましい尼君たちに苦笑しつつ、晶子は表の部屋を出る。

……話のきっかけって、なかなかないものね。

三姉妹がそろっているところで、そう遠くないうちに出家しようと思うと切り出すつもりでいたが、いきなりその話題にすると、かえって大ごとに思われるかもしれないので、会話の流れの中でさりげなく伝えるようにしたかったのだ。

だが、今日は結局、そんな機会はなかった。難しいものである。

晶子は自分の部屋に戻り、几帳を立ててその裏に寝転んだ。

「そろそろ出家を考えていて……じゃ、そのまますぎるし……」

天井をにらみつつ考えているうち、もうまぶたが重くなってくる。

「……髪……髪の話題から入れば……そう、髪の……」


　ふわりと風が吹き、衣の裾がはためいた。

　振り向くと、黒髪が後ろに長くなびいている。自分の髪は、こんなに長かっただろうか。それにしては、不思議と頭は軽い。

　風が起きるたび、ばさばさと音がしていた。何の音だろう。

　天を仰ぐと、頭上に白く大きな鳥がいた。鋭い爪と嘴《くちばし》。鷹だろうか。真っ白い鷹。

　これは羽音だったのか。

　そう思ったそのとき、白い鷹がぐるりと旋回して下りてきた。

　白い翼に包まれる――


「……姫、子の姫！」

　ばさばさと――これは羽音ではない。衣擦《きぬず》れだ。

　目を開けると、三の尼君が大きく袖を振りつつ晶子の肩を叩《たた》いていた。

「あ……もう夕餉ですか？」

「じゃないのよ。起こして悪いけど、昼寝している場合でもないの」

「え？」

起き上がってみると、あたりは寝る前よりさらに暗い。そして桶《おけ》にくんだ水を一気に流したような音が響いていた。

「……もしかして大雨ですか？」

「大雨も大雨、ものすごい大雨よ。さっき突然降りだしてきて」

三の尼君は几帳を横に押しのけながら言った。

「それでね、いま、雨宿りをさせてほしいという方がいらしているのよ」

「え？」

「都から鷹狩でこちらに来ていたんですって。そうしたら急にこんな雨になってしまったから、小止《こや》みになるまでいさせてほしいって」

「鷹狩……」

たったいま白い鷹の夢を見ていた晶子は、動揺して視線をさまよわせたが、すぐに我に返った。鷹狩はそれなりの身分の者でなければやらないものだ。ならば雨宿りといっても、ちょっと軒先を貸す程度ではすまないだろう。

三の尼君の言わんとしていることを理解して、晶子はあわてて寝乱れた髪を手櫛で整えた。

「寝ている場合ではないですね。どなたです？　鷹狩をされたのは」

「兵部卿宮《ひょうぶきょうのみや》の御一行ですって」

「兵部卿の……？」

　都でのことは乳母がときどき文で知らせてくれるが、現在兵部卿を務めているのがどの親王なのかなど、そんなことまでは話題にならない。

　首を傾《かし》げる晶子の肩を、三の尼君がさらに叩く。

「いまの主上の、兄宮よ！　昔、あなたが妃になるはずだった東宮の御兄弟の」

「……でしたらお二人おいでのはずですけれど――」

　今上の帝は第四皇子だ。その兄となると、第一皇子か第三皇子ということになる。

「一の宮ですか、三の宮ですか」

「一の宮よ。兵部卿宮、智平《さとひら》親王」

　では、親の身分は劣るが先の帝に最も寵愛されていたという女御が産んだ皇子だ。亡き東宮よりふた月だけ早く誕生した、一の宮。

「そのような方が、ここへ？」

「このあたりに宮様が雨宿りできそうな家なんて、ここしかないでしょう。とにかくすごい雨だし、雷も鳴っているし……。お供の人たちは走って宿所に帰ったけれど、宮様を走らせるわけにはいかないから、宮様の乳兄弟と一緒に、雨が止むまでここにいさせてほしいって」

たしかに、三の尼君の話し声さえかき消されそうな雨音だ。短い雷鳴も聞こえる。

「尼君たちがおいでなのですから、宮様がいらしていても、わたくしは御挨拶に出なくていいですよね……？」

晶子がおずおず言うと、三の尼君は目を丸くした。

「あら、お目にかかりたくないの？」

「わたくしは、いないふりをしたいです。宮様が都に戻られたあとで、ここに左府の娘がいたなどと誰かに話してしまわれたら、またおかしな噂《うわさ》が立ちかねません」

東宮妃になるはずだった左大臣の娘が仏門に入ったというので、十年前にずいぶん都で噂になったらしいのだ。亡き東宮の生霊が出家させたのだとか、物の怪の仕業だとか――さっさと大和国に下った晶子の耳には入ってこなかったが、尼僧たちの友人知人から届く文には、いろいろと書かれていたということを、あとで知った。

十年も経って、噂が蒸し返されるのは避けたい。

だが三の尼君は、あら、と言って袖で口元を隠した。

「もう話してしまったわ、あなたのこと」

「え!?」

「宮様に、ここで暮らしているのは尼三人だけかと尋ねられたものだから、いいえ、左府様の姫君をお預かりしております、って、私、つい」

「……」

　何ということだ。居留守するつもりだったのに。

「いいじゃないの、お目にかかってお話しすれば。都の方が来られるなんて、滅多にないことでしょう？」

「よくないですよ……。いくら都から遠のいて久しいとはいえ、女人ならともかく、殿方の前に出るなんて。宮様だって、わたくしが姿を見せたりしたら、驚きますよ。それこそ、左府の娘は鄙《ひな》びてすっかり慎みをなくしていたと、いい笑いものです」

　そうなっては、噂を蒸し返されるどころではない。思わず三の尼君をにらんだが、三の尼君は困ったように眉を下げた。

「でも、宮様はぜひあなたに会いたいって」

「はぁ？」

「呼んできてほしいとおっしゃるのよ。だから起こしにきたの」

「……それでのこのこ出ていったら、ますます笑いものですよ。嫌です。絶対行きません。そもそも一の宮なら、大尼君や三の尼君は、よく御存じなのでは？　お二人がお相手なされば、それで充分でしょう」

　大尼君は、かつては後宮の内侍司《ないしのつかさ》で働き、伊予《いよ》の内侍と呼ばれていたのだそうだ。

そして三の尼君も、同じころ後宮で、女王の身分の女御に仕えていたのだという。

大尼君は夫の病で職を辞し、その死後に出家した。唯一宮仕えと無関係だった中の尼君は、親の決めた相手と結婚していたが、その夫が横柄で思いやりがなく女癖も悪いので、どうせ子もいないのだから別れてくれと何度頼んでも、妻の財産を暮らしの当てにしている夫は別れてくれず、こうなったら出家して強制的に別れるしかないと、姉の出家に合わせて髪を下ろしたのだそうだ。

その三年後に、三の尼君が仕えていた女御が病気平癒を祈願して出家したのに合わせて自らも出家し、姉たちの庵に同居するようになったのだという。

いずれも先の帝の時代の話で、大尼君と三の尼君が働いていたころには、一の宮はとうに生まれていたはずだ。

「私たちだって、お小さいころの一の宮しか存じ上げないもの。ほとんど初対面よ。とにかくいらっしゃいな。宮様のお召しをお断りするのも、それはそれで角が立つでしょう。——あ、そうそう。あなたの衣、一枚貸してくれない？　宮様のお召し物を乾かすあいだ、羽織れるように」

言いながら、三の尼君はもう晶子の衣箱を開けようとしている。

「ちょっ、待ってください！　出します。出しますから……！」

そういえば三の尼君は押しが強かったと、晶子はいまさら思い出していた。

紫色の新しい単に急いで香をたきしめ、そのあいだに自分もあらためて身支度し、久しぶりに扇も持って、晶子は兵部卿宮智平が尼僧たちと歓談しているという部屋におもむいた。

外は相変わらず、雨が叩きつけている。止む気配はない。

部屋の前まで来ると、御簾越しに話し声が聞こえた。

「――いや、鷹狩は滅多にやらないんだ。今回も、どちらかといえば物見遊山だよ」

若い男の快活な声に、晶子は思わず身をすくませる。

一の宮。……亡き東宮の兄。

あのとき頭を押さえてうめいていた東宮の姿が脳裏によぎった。十年も前のこと。忘れたいのに、なかなか忘れられない記憶。

……落ち着くのよ。

挨拶して、衣を渡すだけだ。

会話の切れ目を待って、晶子は御簾をわずかに持ち上げる。

「――失礼いたします」

「子の姫？　ああ、やっと来た」

三の尼君のほっとしたような声がして、誰かがこちらに立ってこようとした気配がした。晶子はすかさず、たたんだ衣をのせた打乱箱《うちみだりのはこ》の蓋を隙間から部屋の中に押しこむと、すぐに御簾を下ろした。

「替えの衣をお持ちいたしました。こちらをお使いくださいませ」

「子の姫、こちらに来て宮様に御挨拶を……」

「わたくしは、これにて失礼いたします」

中の尼君にうながされたが、晶子は素早く扇を広げて顔を覆う。

「兵部卿宮様におかれましては、難儀なことでございました。どうぞ雨が上がるまでおくつろぎくださいませ」

「これはありがとう。……あなたが左府の姫君か」

声が思いのほか近い。すぐそこに座っているのか。

「昔のことは忘れました。わたくしは、ただの世捨て人にございます」

「寂しいことを言わず、こちらに来て話をしないか」

「いえ、見苦しいなりで宮様の御前に出ましては、かえって無礼になります。どうか御容赦くださいませ。わたくしは、これにて」

言うが早いか晶子は腰を上げると踵《きびす》を返し、誰が引き止める間もなく自分の部屋にとって返す。普段きびきびと動いていたのが、ここで役に立った。

自分の部屋の障子はぴったりと閉め、御簾もすべて下ろし、几帳も立ててきちんと身を隠せる場所を作り、晶子は耳をすます。誰かが追ってくる様子はない。

……よかった。あれくらいなら、おかしな噂になるほどではないはず……。

挨拶をして衣を渡すという、最低限のことはしたのだ。あとは雨が止んで、ここを出ていってくれるのを待つだけ。

こんなに強い雨は、かえって長くは続くまい。そう思って、晶子はひたすら雨音が止むのを待っていた。

ところが日が暮れるころになっても、雨足が弱まる気配はなく、晶子は次第に不安になってくる。もし、雨が止んでも、日が落ちてしまっていたら——

嫌な予感は当たるものだ。雑仕女の一人が、今夜来客が泊まることを知らせにきたのは、少しあとのことだった。

「梅《うめ》ちゃん、雨はどうなの？」

いつのまにかあのすごい雨音が聞こえなくなったと思い、晶子は部屋の燈台に油を足していた雑仕女に尋ねた。

「少ぅし、まだ降ってますよ。やっと弱まりましたけどねぇ」

「そうね。もっと早くに止むかと思ったわ。……ああ、そちらの燈台は昨夜使わなかったから、まだ油は残っているのではないかしら」

「あぁ、こっちはいいですねぇ。はい、それじゃ、姫様、おやすみなさいまし」

「ありがとう。おやすみなさい」

雑仕女が出ていくのを見送って、晶子は脇息《きょうそく》にもたれて息をつく。

結局、日暮れを過ぎても雨が止まなかったせいで、来客は泊まることになり、自分も部屋から出られず、夕餉も一人でとることになった。おそらく明日の朝になっても、まだすぐには部屋を出られないだろう。

……明日までの我慢よ。

夜が明ければ、従者が迎えにくるはずだ。見送りは尼君たちに任せればいい。

虫の音が聞こえてきた。燈台の小さな火が静かに揺らめく。

もう休んでもいいころなのだが、昼寝してしまったせいか、妙に目がさえていた。途中で起こされたとはいえ、少々寝すぎたかもしれない。

これまでに来客が泊まることは何度かあったが、いずれも女人だった。同じ屋根の下に男子がいるなど、この十年で初めてだ。そのことも気分を落ち着かなくさせて、眠りからますます遠ざかる。

昨夜、昔のことを夢に見たのは、何かの予兆なのか。

そんなことをぼんやり考えていると、御簾の向こうに人の気配がした。雑仕女が戻ってきたのだろうか。

「梅ちゃん？　何か忘れ物？」

「……ああ、姫君の部屋はここだったか」

何か思うより先に体が動いていたのは、きっと日ごろ機敏な立ち居をしてきた成果だ。晶子はとっさに脇息を抱えて身をひるがえし、几帳の裏に飛びこむ。燈台の火が大きく振れた。

「なるほど……。私にあてがわれたのは、どうやらここから一番遠い部屋のようだ」

これは間違いなく、昼間聞いた声。晶子は脇息を両腕で抱きしめ、身を硬くする。

「そこにいるのだろう、姫君。少し話がしたい」

「……もう、夜も更けております。お部屋でお休みくださいませ」

「まだ宵のうちだ。そんなに遅くはないだろう」

「田舎の夜は早く更けるものでございます。宮様もお疲れでございましょう。どうぞお引き取りを」

こちらは話すことなどないのだと言外ににじませて、晶子は必死に言い返した。

拒絶の意思は伝わったようで、御簾の向こうが沈黙する。無礼で愛想のない女だと思われるかもしれないが、それならそれでいい。だから早く立ち去ってくれないかと息を詰めていると、微かなため息が聞こえた。

「急に押しかけてきた私を、疎ましく思うのはわかる。だが、あなたが先坊《せんぼう》の添い臥しに呼ばれた左府の姫君なら、尋ねたいことがあるのだ。……先坊のことで」

先坊は、東宮の位にあったまま亡くなった皇子のことをいう。亡き東宮の何を訊《き》きたいのか。

「わたくしは……先坊様のことは、何も存じ上げません」

「先坊の臨終に立ち会っていたのでは？」

「そのときのお姿は見ておりません。わたくしは桐壺に、ただそこにいただけです」

口調が強くなってしまっていた。もう思い出したくもないというのに。

「ああ、悪かった。責めているのではない。ただ、先坊の今わの際の様子が、ずっと気になっていて……先坊は、頭を患っていたのではないかと」

「えっ」

思わず顔を上げ、晶子は几帳と御簾に隔てられた気配をうかがった。

「先坊と顔を合わせる機会はそれほど多くなかったが、元服の少し前にお目にかかったとき、先坊が頭を気にしていた素振りがあったのを、憶《おぼ》えていてね。少し痛むようだったのか……あとになって、もしやと思ったのだが」

「あ……頭を押さえておいででした」

あの夜以前に、異変があったのか。晶子は早口で告げた。

「わたくしが桐壺に参上しましたとき、東宮様は寝所で頭を抱えて、ひどく苦しんでおられました。それで、大騒ぎになって」

「やはり——そうか」

低いつぶやきの後、深く息をつくのが聞こえる。

「先坊がどのような様子だったのか、こちらにはほとんど伝えられなくてね。長年の疑問が解けたよ。……侍医に診てもらうよう、勧めておけばよかった」

「……」

もしかして、これを訊きたくて部屋まで訪ねてきたのだろうか。世捨て人になった左府の娘への興味ではなく。

だとしたら、あまり頑《かたく》なな態度をとるべきではなかったかもしれない。

晶子は脇息をそっと床に置き、居ずまいを正した。

「お気の毒なことでございました。元服されたばかりでしたのに」

「ああ、まったくだ。最も気の毒なのは、自分の妃となる姫君がどれほど美しいか、よく見る間もなく身罷られてしまったことだろうが……」

「……は？」

いま何と言ったか。まるで、こちらの顔を知っているような口ぶりだったが。

さっき顔を見られただろうか。いや、まさか。

「わ……わたくしの顔など、御存じ、ないでしょう」

「見たよ。昔、一度だけ。添い臥しのために桐壺へ向かう途中の、あなたを」

「……あのとき……」

扇で顔を隠していたはずだが、きちんと隠せていたのか、いまとなっては自信がない。しかし十年前だ。よもや見られていたとは。

絶句する晶子の耳に、低い笑い声が響く。

「思えば私も子供じみたことをしたものだが……まぁ、私の元服は先坊より後まわしにされていたから、実際子供だったのだがね。東宮の妃となるのはどんな姫君だろうと、好奇心でこっそり桐壺の近くにひそんでいた。あの晩は、どれぐらい月明かりがあったかな。暗くはあったが、あなたの姿がうっすら見えたよ」

いかにも懐かしそうな口調だ。あの夜を思い返しているのか。

「きれいな、可愛《かわい》らしい姫君だと思った。いかにも緊張した様子がいじらしくもあって……それまでは東宮になりたいなどと考えたことはなかったのに、初めて後悔したよ。こんなに可愛い姫君を妻にできるなら、一度ぐらい、東宮になりたいと口にしてみればよかったと」

晶子は思わず、びくりと震えた。はずみで脇息が大きな音を立てる。

「……お、お戯れを……」

「戯《ざ》れ言《ごと》に聞こえるか？　本当の話だよ。生まれて初めて二の宮を妬ましく思った。だが、何もかも手遅れだということもわかっていたからね。みじめな気分であなたを見送って、おとなしく藤壺《ふじつぼ》に帰ったよ。……あとのことを知ったのは、翌朝だった」

話が途切れると、微かな虫の音が響いた。これは、こんなに寂しげな音だっただろうか。

「……私が妬んだせいで、二の宮があんなことになったのだと、思った」

ふいに、父に髪を摑《つか》まれたときの恐怖がよみがえった。

鋏《はさみ》のきしむ音。軽くなっていく頭。

おまえのせいで、東宮は──

「違います」

晶子は思わず大きな声を出していた。

「宮様のせいではありません。誰のせいでもないのです。わたくしも父に、おまえのせいだと言われました。不吉な娘だと。でも」

「あなたのせいではない」

「そうです。わたくしのせいでも、宮様のせいでもないのです。誰の、誰のせいでもないはずです」

「そのとおりだ」

その声が聞こえた刹那、燈台の灯りが作る影が大きく揺れた。一瞬の衣擦れの音とともに、几帳が押しのけられる。

気づいたときには、目が合っていた。

細面で鼻梁《びりょう》のすっきりした、一見やさしげな面差しなのに、眼光だけがやけに鋭く。

……鷹。

これは、鷹の目か。

そう思ったそのとき、目元が緩み、途端に愛嬌《あいきょう》のある面容になった。

「愛らしい。思ったとおりだ」

「え？　……あ」

顔を見られた。それも真正面から。手が届きそうなほど近くで。

「……っ」

逃げようとしたが、すでに袿の裾を踏まれていた。せめても顔を背けるが、両肩を摑まれ、強引に引き寄せられてしまう。

「はな……は、放して……」

「十年ぶりだ。もう少しよく顔を見せてくれ」

「や……」

頭の中が真っ白になっていた。混乱のあまり、ひたすら首を横に振る。

怖いのか恥ずかしいのか、それすらもわからない。

と——摑まれていた肩を、急に放された。

「すまない。そこまで怖がらせるつもりはなかったのだが……」

「……ふ……」

おそるおそる顔を上げると、視界がぼやけていた。そこでようやく、晶子は自分が震えながら泣いていたことに気づく。ふ、ふ、とくり返されていた短い呼吸の音は、己のものだった。

「大丈夫だ。ほら、放した。何もしない」

先ほど渡した紫の単をまとった姿が、両手を上げた。

「……」

袖口で涙を拭い、ようやく視界がはっきりしてから、晶子は目の前で苦笑している相手をにらむ。

「やれやれ、焦った。宮中でこんなに初心な女人は見たことがない」

「……田舎者をからかって、楽しいですか」

「あなたは都の生まれだろう」

「十年も離れれば、都のことなんて忘れます。それに都にいたころは、子供でした」

「なるほど。それはそうだな」

苦笑が消え、すっと真顔になった。

「あらためて名乗ろう。聞いてはいるだろうが、私は兵部卿の智平だ。あなたが妃になるはずだった先坊の、兄にあたる。ふた月ほど先に生まれただけだが」

「存じております、一の宮様。わたくしは左府是望が娘にございます。……いまは、縁を切られているも同然ですが」

「子の姫……と呼ばれていたようだが」

「子の日子の刻に生まれましたので、幼いころよりそう呼ばれておりました」

「なるほど」

うなずいて、智平はまたもまじまじと晶子の顔を見つめてくる。

扇は手元にあるが、それを広げて顔を隠すには、時を逸していた。居心地の悪さに眉をひそめつつ、晶子は智平から視線を外す。

「……もう気はすんだのではありませんか。お部屋にお戻りください」

「あなたが思っていたよりずっと美しいのでね。帰れなくなった」

「お戯れは結構です」

「本当だよ。実のところ、十年も経てば面影も薄れているかと思ったが、愛らしさは変わっていない。それでいて、いっそう美しくなった。都を離れても、蕾《つぼみ》はちゃんと花開いていたのだな」

熱っぽい眼差《まなざ》しとともにすらすら出てくる美辞麗句に、晶子の眉間の皺《しわ》は深まっていった。先ほどの恐怖と羞恥が入りまじった感情は落ち着き、頭が冷えてくる。

「――それで？」

「ん？」

「このままここに居座って、どうなさるおつもりですか」

「……それは、もちろん」

晶子が己への賛辞をまったく喜んでいないことは、この表情を見れば伝わっているだろう。だが意に介していないのか、智平は涼しい顔で微笑《ほほえ》んでいる。

「姫君と、親しくなりたいと思ってね」

「もう一度申し上げますが、田舎者をからかわないでください」

「からかってなどいない。私はこの十年、あなたを忘れていなかった」

一度は引いた智平の足先が、またじりじりと近づいてくるのが見えた。今度は逃げずに、晶子は背筋を伸ばす。

「宮様でしたら、すでに北の方がおいでalong」

晶子の言葉に、智平の表情が強張《こわば》る。

「……まぁ、いるが」

「きちんとした御身分の方でございましょう」

「亡き室町亜相《あしょう》の娘だ。……周りが勝手に決めた相手だよ」

室町といえば、つまりは室町藤原家だろう。祖父と権力を争いながら先に他界した右大臣の、嫡男が室町大納言と呼ばれていたはずだ。亜相は大納言の異称である。四条藤原家に権力が傾き東宮妃は出せなかったものの、一の宮を婿とすることには成功していたということか。

「それは、正式な御結婚ということですね」

よりによって四条藤原家の政敵だった家の娘を妻としているなら、自分に向かって気軽に親しくなりたいなどと言うべきではないはずだ。

そういうつもりで念押ししたのだが、智平は曖昧な笑みを浮かべて言った。

「結婚は結婚、恋は恋だ」

「……」

晶子から表情が消える。それを見て、智平は怪訝な顔をした。

「姫君？」

「都では、それで恋が成り立つのでしょうね」

低くつぶやいて、晶子は体をひねると、後ろの棚から化粧箱を下ろし、蓋を開けて鋏を取り出す。刃先が鈍く光った。

……せっかく、ここまで伸びたけれど。

どのみち出家するつもりでいたのに、いざとなると少し惜しい。人の心とは勝手なものだ。

右手に鋏を持ち、左手で後ろ手に首のあたりで髪をさぐると、智平が弾《はじ》かれたように立ち上がり、晶子の右手首を摑んだ。

「待て。何をする気だ？」

「髪を下ろしてしまえば、恋だの何だのと、お戯れも言えませんでしょう」

「切るつもりか？　ばかなことを」

「ええ。宮様がわたくしをばかになさいますので」

「何？」

明らかに途惑いながら、それでも智平は手首を放そうとしない。

晶子は冷めた目で智平を見上げ、自由な左手で肩にかかった己の髪をひと房摘《つま》む。

「十年前に、この髪は父の手で切られました。ちょうど、肩のこのあたりまでです。わたくしはそのまま出家するつもりでしたが、こちらの尼君たちに止められました。髪ならまた伸びるし、伸びれば結婚もできるだろうから、早まってはいけないと」

摘んだ髪を放し、智平から顔を背け、晶子は自嘲気味に笑った。

「わたくしは、もう結婚などできるはずもないとわかっておりましたし、したいとも思いませんでした。それでも出家を思いとどまり、再び髪を伸ばしたのは、尼君たちが、わたくしの将来に幸いがあることを望んでくださったからです」

三人の必死な様子は、いまもよく憶えている。絶望の淵《ふち》にいた自分を、言葉をつくして何とか救おうとしてくれたのだ。

晶子はもう一度、ゆっくりと智平を見すえる。

「わたくしは、一夜で捨てられる恋をするために、髪を伸ばしてきたわけではありません」

息をのみ、ひるんだ気配がはっきりと伝わってきた。

だが、手首を摑む強さは変わらない。

「たとえお相手が宮様といえども、お戯れに付き合うつもりはいっさいございませんので、これ以上わたくしに構うおつもりでしたら、今度こそ髪を下ろします」

それは、自ら都落ちを選んだ女の矜持《きょうじ》でもあった。

自分が東宮妃なら、都にいる左大臣家の姫なら、たとえ親王でも、これほど軽々に恋をしかけてきたりはしないはずだ。

許されてもいないのに、智平がこうして部屋に踏みこんできたのは、しょせん親に捨てられ田舎暮らしをするしかなくなった憐《あわ》れな女だと、あなどっているからだ。

たしかに髪を切られ、見放された。

だが、こちらも自分から捨てたのだ。言われるまま家のためにつくす、つまらない生き方を。

こうなったら都で悪評を立てられようと、知ったことではない。親王の誘いを無下にした不敬で無粋な女だと、せいぜい吹聴《ふいちょう》するがいい。

ありったけの軽蔑の思いをこめて、晶子が智平をにらみ続けていると、智平は顔を強張らせ――鋏を持つ手を決して放そうとはしなかったが、しばしのあいだ、晶子をまじまじと見つめ返していた。

やがて智平は一歩下がり、両膝をつく。

「……手を放すが、あなたも鋏を置いてくれ。髪を切ったらいけない。絶対にだ」

ゆっくりと、指を一本一本はがして、智平は晶子の手首を放した。

智平が手を引いてから、晶子も鋏を化粧箱の中に戻す。

箱の蓋を閉めると、智平は大きく息を吐いて、そのまま床にどすんと座りこんだ。

「……寿命が縮んだ」

「大げさなことをおっしゃいますね」

「大げさなものか。こんなに肝を冷やしたことはない。目の前で髪を切られて、私が平気でいられると思うか」

智平のそれは怒ったような口調だったが、晶子ももはや不機嫌さを取り繕おうともせず、つんと顎を上げる。

「宮様が過ぎた戯れ言ばかりおっしゃらなければ、わたくしとて髪を切ろうとまではいたしません」

「私の言うことに、真実がないと？」

「わたくしを鄙の女だとあなどっておいでなのは、よくわかりました。それが真実でございましょう」

「心外だ。あなたを愛《いと》おしいと思う心に、嘘《うそ》はない」

視線を戻すと、智平もすねた子供のように、口を尖《とが》らせていた。

「ではお尋ねしますが、宮様は恋をした相手のもとへ、いつもこうして突然押しかけ、許しもなく几帳をどけて遠慮なく顔を見るのですか？　歌を贈ることも、誰かに取り次ぎを頼むこともなく？」

「……」

智平が初めて、気まずそうに自分から目を逸《そ》らした。図星だ。

「あなどったつもりはない。……ないはずだが、しかし、言われてみれば、たしかにこんなことはしたことがなかった」

片手で額を押さえ、智平が嘆息する。

「都から遠く離れて人の目が届かなくなると、気が大きくなるのだな。……なるほど、いや、すまなかった」

素直に謝ってきた。ちょっと意外だ。

「宮様は先ほどここへ入ってきたとき、大丈夫、何もしないとおっしゃいましたが」

「言ったな。……そうか、これは警戒されて当然か」

苦笑して、智平は首を振る。

「ならば、話をするだけなら？　あなたの話を聞いてみたいのだ。都を離れて、どのように暮らしてきたのかを」

「……面白い話など何もございません」

「面白い話を期待して聞きたいと言っているわけではないよ」

「では……もう少し離れてくださいますなら」

手振りで几帳の外へ出てほしいことを伝えると、智平は仕方ない、とつぶやいて、少し下がって座り直した。ただし几帳は横にどけたままで、これでは姿を隠せない。

「几帳を……」

「近寄らないかわりに、顔を見て話したい。これぐらいはいいだろう」

よくはないのだが。

晶子は露骨にため息をついてみせ、自分も下がれるだけ下がって智平に向き直る。

それを見て、智平が目を細めた。

「どうやら都を離れてからのあなたは、恋とは無縁だったようだな」

「出家こそいたしませんでしたが、尼君たちとともに、仏道に励む日々でした。恋をしようなど、考えたこともございません」

「そうはいっても、このあたりにも若い男はいるだろう」

「出家するために来た髪の短い女だと知れれば、恋を目的に近づく者はおりません」

もっとも、初めは都から来た年若い娘だというだけで、物珍しさで文や歌を寄越す者も少なからずいたようだが、すべて尼君たちが防いでくれていた。そうするうち、そのような者もいなくなったのだが。

そもそも、生まれたときから東宮妃となるようさだめられてきたのだ。恋など物語の中のことであり、我が身に関わりのあるものだなどとは考えたこともない。それはこちらに移ってからも同じだ。

「でも、あなたは髪を伸ばしてきた」

「出家するまでは、わざわざ切ることもないと思っていただけです。でも、遠くないうちにまた切ります」

「……本当に出家するつもりか？」

「はい」

智平は眉根を寄せたが、晶子ははっきりとうなずく。

「都へ戻ればいいだろうに……」

「四条藤原家の役に立てないわたくしが、都に戻ってどこに居場所がございましょう」

「そういう考えは気に入らない」

智平はあぐらをかいた膝に片手で頬杖《ほおづえ》をつき、探るような目で晶子を見た。

「役に立つかどうかなど、どうでもいい。よくも大事な髪を切ってくれたと恨み言を言って、父親に住まいを用意させればいいだろう。いや、十年も娘を放っておくような家に帰ることはないな。私のところに来ればいい。出家を考えるのは、五十六十になってからでも遅くはあるまい」

「宮様のお世話になるわけにはまいりません。それに——」

晶子は少し目を伏せ、ふっと笑う。

「十年も都から遠ざかっていたのです。もう、すっかりこちらになじんでしまいました。いまさら戻って、それらしいふるまいができる自信もありません」

「そんなことはない」

すかさず否定し、智平は頬杖をやめて晶子の姿を眺めた。

「あなたは何げない所作が優美だ。幼いころから立ち居ふるまいに気をつけていたのではないかな。時間をかけて身についたものは、住まいを変えたぐらいでは消えないものだよ」

「……」

たしかに、東宮妃となるのだからと、器の持ち方や扇の広げ方など様々、雑にならないよう、よく注意された。だが、ここにきてからは、そんなことに気を払うこともなくなっていたというのに。

晶子は薄く苦笑いを浮かべる。

「そうだとしても、やはり都に戻るつもりはございません。こちらでの暮らしは気に入っております」

「ほぅ、たとえばどんなことが？」

「都よりも気楽に外を出歩けます。わたくしは存外、動きまわるのが性に合っているようです。子供のころは女房たちに世話を焼かれてばかりでしたが、自分でやるのもかえって面倒がなくて楽しいものです」

「なるほど。たしかに、人を待ってやらせるより、自分で動いてしまうほうが、早く片付くことはある」

うなずいて、智平は腕組みをした。

「しかし、惜しいな。ぜひとも近くに呼びたかったのだが」

「都にお帰りになれば、じきにわたくしのことなど思い出さなくなりますよ」

「さて、それはどうかな。毎夜あなたの夢を見るかもしれない」

「……夢」

思わず、呆れのまじった笑いを漏らしてしまった。

「ん？　何故《なぜ》笑う」

「いえ。……わたくしは、夢に意味があるとは考えておりませんもので」

「ほぅ？」

智平は腕組みを解き、身を乗り出してくる。どういうことなのか説明を求めている様子だ。

「十年前、添い臥しの日取りを聞いた夜に、夢を見ました。誰かの大きな手のひらに乗せられている、そういう夢です」

いったい誰の手だったのか。見上げてもあまりに大きすぎて、顔がよく見えなかった。いや、顔を確かめるどころではなかったのだ。乗せられた手のひらは不安定で、揺らされるたびに指の隙間から落ちそうで、恐ろしかった。

下ろして、下ろしてと叫んでも、かえって揺らされるばかりで、どうすればいいのかわからず——そこで目が覚めた。

「……この近くの寺にも、大きな盧舎那仏《るしゃなぶつ》があったが」

「はい。あの御仏より大きかったかもしれません」

晶子は軽く息をつく。

「目覚めてから、わたくしは近くにいた女房たちに、こんな夢を見たと話しました。すると女房の一人が、それは吉夢だと言うのです」

「姫君が怖い思いをしたのに、か？」

「その女房も、いま宮様があの盧舎那仏を思い出されたように、それは大きな仏様の手のひらに違いないと考えたようです。御仏の手に乗せられたのだから、縁起のよい夢だと。他の女房たちも、そうに違いないと同調して」

仕えている姫君が、いよいよ輝かしい道を歩もうとしていたときだ。悪いことなどあるはずもないと、女房たちとて思っていただろう。

「わたくしが、でもそこから落ちそうだったのだと訴えても、落ちなかったのだから間違いなく吉夢だと、笑うばかりでした」

女房たちが吉夢だと言うのだから、信じるしかなかった。自分にもそれを信じたい気持ちはたしかにあった。添い臥し直前の、一番不安な時期だった。

「……ですが、結果は御存じのとおりです。何もいいことはありませんでした。そのときに思ったのです。夢など、何も当てにならないと」

「なるほど――」

智平は乗り出していた上体を戻して、片方の手のひらを広げた。

「姫君から見て、それは本当に御仏の手だっただろうか？」

「いいえ。あれは人の手だったと思います。御仏の手でしたら、指の隙間はございませんでしょう」

「たしかにな。しかし並の者に夢解きをさせるのは、なかなか難しいものだ。夢占《ゆめうら》をよくやる者に訊いていたら、違うことを言ったかもしれない」

「そもそも軽々しく人に話すのではなかったと、あとで反省いたしました」

「仕方ない。変わった夢ほど、誰かに話したくなるものだ」

穏やかな笑みを浮かべ、智平は静かにそう告げる。

「女房たちも、あなたの先行きに不安がないように、何とか吉夢として解釈しようとしたのだろう。案外、その努力で本当に吉夢に変じたかもしれない」

「女房たちの気遣いはうれしいことですが、結局いいことはなかったのですから」

あとのことを考えれば、やはりただの縁起の悪い夢だっただろう。

「禍福は長い目で見なければわからないこともある。だから夢解きは、自分に都合のいいようにやればいいのではないかな」

「……それはつまり、やはり夢に意味などないということになりませんか？」

「たしかに、そうだな。あなたの言うとおりだった」

智平は声を立てて笑い、軽く目を伏せ、そして晶子を見た。

「あなたの夢を見たら、あなたも私を想《おも》っていると解釈することにしよう」

「……とんでもない夢解きですね」

「私の夢だから、私に都合よく考えるさ」

いたずらを考えついた子供のような表情に、晶子も思わずくすりと笑う。

ずっと聞こえていた虫の音が、会話の切れ間に止まった。それだけで、怖いほどの静寂に包まれる。

ふと、智平が羽織っていた紫の単の襟元を摘んだ。

「この単は、もらっていってもいいだろうか」

「はい、どうぞ」

「この薫物《たきもの》は、菊花か。この部屋と同じ香りがする。……あなたの香りだ」

「……」

自分の肩口に鼻を寄せ、智平は深く息を吸いこんでいた。

一歩も距離を詰められていないのに、何故か、先ほど几帳の内に踏みこまれたときより強く動揺して、晶子は目を逸らす。

「姫君？」

「いえ。……これは、思いのほか香りに深みが出ませんでしたので、もう少し調合を工夫するべきだったと……」

「そうだろうか。この上品な清々《すがすが》しさは、むしろ軽やかな香りであればこそだろう。

私は好きな香りだ。あなたは香を合わせるのが巧みなようだな」

「そのようなことは……」

もう一度深く呼吸をし、智平は目を細めた。

「どこへ鷹狩に行こうかと迷ったが、ここにしてよかった」

智平の口調はやけにしみじみとしていて、晶子は少し途惑う。

「大雨で難儀したが、結果としてあなたに逢《あ》えたのだから、雨も天恵だったな」

「……」

「話をしてくれてありがとう。思いかげず楽しい夜だ」

強引に入ってきたときとは打って変わった、穏やかな声と微笑に、晶子はかえって返事ができず、黙ってうつむいていた。


それから智平は、都からここまでの道中の様子や鷹狩のことなど、他愛もない話をして、夜半には自分の泊まる部屋に戻っていった。

恋の話題さえ避ければ、智平との会話は楽しいもので、つい時を過ごしてしまった自覚は晶子のほうにもあった。

朝になって迎えがきたら必ず見送ってほしいと、智平に念を押されたため、晶子は夜明け前にきちんと身支度をすませ、言われたとおり見送りに出た。

扇で顔を隠し、尼僧たちの後ろで控えめに頭を下げた晶子に、智平は物言いたげな表情を見せたが、ただ尼僧たちへ世話になった礼を告げ、乳兄弟とともに庵を出ていった。

智平を乗せた車が従者らとともに立ち去ると、庵は普段の様子を取り戻した。

昨日の雨が嘘のように天は晴れ渡り——思わぬ来客があったことさえ、もはや夢か幻のようだった。

◇◇　　◇◇　　◇◇

「……先ほどからずっと、心ここにあらずといった御様子ですが」

乳兄弟の光基《みつもと》に話しかけられ、智平は顔を上げた。

「ん？　何か言ったか？」

「姫君から借りた衣ですよね、それ」

光基の視線は、智平の膝の上にきちんとたたんで置かれた、紫色の単に向けられている。

「ああ、もらったんだ。本当は姫君を連れて帰りたかったが、さすがに無理だったからな。せめて衣だけでも」

「まぁ、無理に決まってますよね。いくらこちらは親王だと言っても、左府の姫君がそんな簡単についてくるはずないですし」

「もちろん、そうだ」

智平は笑って、単の表面を撫《な》でた。

尼僧の庵を辞していったん宿所に戻ってから、智平はすぐに都へ帰る牛車に光基とともに乗っていた。今夜のうちには家に着けるだろう。

「……本当に、連れて帰りたかったんだがな」

小作りで可憐《かれん》な面差しの中の、こちらを見すえた力強い瞳。

あんなにまっすぐでいきいきとした眼差しの姫君を、都で見たことがない。

悔しさにゆがんでも、途惑いに揺れても、あの目は常にきらめいて、こちらの心を射貫いてきた。

「連れ帰ったりしたら、大ごとですよ。室町の御方《おかた》に何とおっしゃるんです」

「まだいると思うか？」

牛車の隅の柱にもたれ、智平は口の片端を引き上げる。

「私は、いまさらお逃げにはならないと思いますが」

「何故だ？」

「逃げてどうします？　室町の家には何て言い訳をするんですか？」

「逃げてしまえば、言い訳も何もあるまい」

「あの御方が、実家を頼らずに生きていけるとは思えませんけど」

「これからはあの男に頼るんじゃないのか。どうせ一緒に逃げるのだろうから」

小さく鼻を鳴らし、智平はたたんだ単を持ち上げた。

「逃げてくれたほうが、都合がいい。そうなれば、あの姫君を呼べる」

「本気なんですか？」

「しかし……呼んでも素直には来るまいな、あの姫は」

智平は低く笑い、単を顔に近づける。さわやかに甘い香りが鼻に抜けた。

「そもそも、左府の姫君は都に戻る気がおありなんですか？」

「ないようだ。それどころか、出家を考えている」

「えっ、じゃあ……」

「だから、急がなくてはいけない」

ごとり、ごとりと車輪が轍《わだち》を踏む音がして、車体が揺れる。

ふと遠い目をして、智平は単を膝に下ろした。

「……せっかく、あの先坊の妃にならずにすんだのにな」

低くつぶやくと、光基も苦い顔でうなずく。

「たしかに、まぁ……あの先坊には、いろいろありましたね。そういう話は、左府の姫君にされなかったんですか？」

「しないよ。いまさらだ」

添い臥しの夜のことは、口にしたくないような様子だった。きっと恐ろしい思いをしたのだろう。話のきっかけに当時のことを尋ねてしまったが、かわいそうなことをした。あれ以上は話題にしないほうがいい。

誰のせいでもないと強い口調で言っていたが、あれは子の姫が、そうやって自分に言い聞かせてきたのだろう。そうしなければ、自分の心を守れなかったに違いない。つくづく左府は、自分の娘にむごいことをしたものだ。

子の姫を都に連れ戻したとしても、左府に関わらせたくはない。とはいえ、素直に自分のもとへは来てくれないとしたら――さて、どうするか。

「……光基」

「はい？」

「このあいだ、おまえの妻に来客があったと言っていたな。女房を探していると」

「ええ、はい。妻の叔母が、前の紀伊守《きいのかみ》の家の女房に相談されて――」

説明しようとした光基は、途中で言葉を切って目を見開いた。

「……これ、宮にはもうお話ししましたよね。女房を必要としているのは……」

「ああ、聞いた」

「まさか、これを使って姫君を……」

青ざめる乳兄弟を見て、智平はにやりと笑う。

「おまえは本当に察しがいいな」

「いや……いやいや、まずいでしょう！　だって、それは」

「まぁ、決めるのは姫君だ。……賭けだな、これは」

智平は喉を鳴らして笑い、そして、深く息をついた。

「その前に――こちらの身辺も、片をつけておかなくてはな」

◇◇　　◇◇　　◇◇

智平が去ってから、十日ほどが経った。

日々はこれといった変化もなく、淡々と過ぎていく。そんな生活に不満があるわけでもないのに、晶子はふとした折に、焦りのようなものを感じるようになっていた。

縫い物をし、経を読み、庭の花を摘む。これまでどおり穏やかに暮らしているのに、気づくとぼんやりしていたり、自分は何をしているのだろうと、妙に落ち着かなくなったりする。

そんなとき、どういうわけか智平の言葉の数々が思い出された。

――都を離れても、蕾はちゃんと花開いていたのだな。

――からかってなどいない。私はこの十年、あなたを忘れていなかった。

――姫君と、親しくなりたいと思ってね。

考えてみれば、自分自身の時間は、十四歳でこの庵に来たときから止まってしまったようなものだ。尼僧の三姉妹がいて、雑仕女たちがいて、近所で見知った女たちがいる。もはや馴染《なじ》んだ世界だが、それゆえに、自分がとうに一夜の恋をしかけられるような年齢になっていたことを、実感していなかったのかもしれない。

あれから十年が経ったことは、頭では理解していたつもりだったが、あのまだ少年だった亡き東宮と、そして自分とも同い年の智平が、間違いなく大人である姿で目の前に現れたことで、十年がどれほどの時間だったのかを突きつけられたようだった。

これから出家するのだから、時間などどうでもいいことだ。それなのに、どうしてこれまでと同じ十年をこれから先も続けることに、こんなにも惑うているのだろう。

自分で自分の気持ちが、よくわからない――

都からの来客があったのは、晶子が内心の違和感を誰にも覚《さと》られないように努めていた矢先だった。

今度の来客は、以前から大尼君と親しくしているという、四十幾つかという年ごろの女人だった。年に五、六回は文のやり取りをしているというその女人を、大尼君は命婦《みょうぶ》の君と呼び、昔は後宮で中﨟《ちゅうろう》の女房をしていて、いまはさる受領《ずりょう》の家で女房務めをしているのだと、晶子と妹の尼君たちに紹介した。

晶子は挨拶だけして、妹の尼君たちとともに隣りの部屋に移る。

「今日はお願いがあって、あなたを訪ねたのよ」

大尼君と命婦の君が会っているのは庭に面した南の部屋で、晶子たちはひとつ奥の部屋にいたが、風を通すために障子を開けていたので、一応几帳で視界はさえぎられているものの、話し声は筒抜けだった。

「お願い?」

「後宮で女房勤めができる子を探しているのよ。できれば若い子がいいわ。あなた、心当たりはない?」

「後宮でって……宮仕えの?」

「ああ、帝にお仕えするほうではないの。近々入内が決まっている姫君がおいでなのだけれど、連れていく女房が足りないのですって」

入内するということは、いまの帝の後宮に入るということだ。晶子は縫い物をしながら、聞くとはなしに会話を聞いていた。

「入内するのに、女房が足りないの?」

「そうなの。困ったものよね」

「いったいどちらの姫君が入内するの？」

「左府様の姫君よ」

針を持つ手が思わず止まった。

同じ部屋にいた中の尼君と三の尼君の目が、晶子に向けられる。

「左府様の……って、だって、左府様の姫君は、もう」

大尼君の声にも、はっきりと途惑いがうかがえた。だが困惑するのも無理はない。

左府、つまり晶子の父是望は、すでに娘を二人、後宮に送りこんでいるのだ。

まず晶子の同母妹である三の君を東宮妃として。そして先帝崩御により東宮が即位してから、平《たいら》中納言なる公卿の娘を母とする四の君を。

いま、三の君は弘徽殿《こきでん》の女御、四の君は承香殿《じようきようでん》の女御と呼ばれているはずだ。

四条藤原家にいたときから、父が他所《よそ》の女人のもとへ通い、子を産ませていることは何となく知っていた。そのことについて母が何か言うこともなかった。

父が通っていたのがどこに住むどのような女人で、異腹の兄弟姉妹が何人いるのか、具体的なことまでは把握していない。しかし異母妹の四の君の存在は、入内の折に、乳母からの文で知った。

晶子の実妹である三の君だけでなく四の君まで後宮に入れた、父の意図はわかる。

東宮妃のころから現在に至るまで、三の君には一度も懐妊の兆しがない。そして後宮にはもう一人、右大臣藤原朝周《あさちか》の娘である藤壺の女御がいるという。

この右大臣は、かつて祖父が権力を争った室町藤原家の者ではなく、先帝の寵愛が最も深かった女御の兄、つまり智平の伯父である。室町藤原家が事実上失脚してから頭角を現し、その家は中御門《なかみかど》藤原家と呼ばれている。

このまま三の君が皇子を産めずにいるうちに、藤壺の女御が先に皇子を産んでしまった場合、四条藤原家は次の帝の外戚になれなくなるおそれがある。父はそれを危惧して、母親の出自が少々劣る娘でも構わないから後宮に入れておこうと、二人目の四の君を送りこんだのだ。

だが、いまのところ、三人の女御いずれも懐妊したという話は聞かない。

……だからといって、同じ家から三人目を入内させようというの？

大尼君の言った「だって、左府様の姫君は、もう」のあとに続くのは、「二人も入内しているのに」であるはずだ。

「ええ。姫君がお二人、女御として入内しておいでよ」

命婦の君は落ち着いた口調で返した。

「だからなのよ、女房が足りないのは。左府様が集められた女房たちは、弘徽殿と承香殿に取られてしまっていて、次に入内する姫君のほうに行ってもいいという子が、

「……ということは、そちらの姫君の母君の御身分は……」

「受領の娘ですって。裕福ではあるけれど……」

　命婦の君が言葉を濁す。

　やはりそうなのだ。母親の身分が皇女である三の君、公卿の娘である四の君に比べれば、受領の娘では格段に劣る。同じ四条藤原家の娘として入内しても、後宮内での力関係は相当に弱いはずだ。仮に一番に皇子を産んだとしても、あとで三の君が皇子を産めば、間違いなくそちらが東宮に立てられる。同じ家であるからこそ、争うことなく皇子の優先順位を決められてしまうのだ。

　……気の毒に。

　それは女房も、なかなか集まるまい。雇われる側とて、どうせ働くなら華やいだ場所がいいだろう。弘徽殿や承香殿にひたすら遠慮を強いられる職場など、面倒で窮屈極まりない。

「でもね。中の君――ああ、姫君は左府様の二番目の姫君なのだけれど、私も御挨拶したことがあって、本当に心根のおやさしい、いい方なの。主とするなら、弘徽殿や承香殿の女御より、絶対に気の張らない、一番仕えやすい姫君よ。そこを強調して、あなたの人脈で、何とかならないかしら」

命婦の君も必死の様子だ。それほどまでに集まりが悪いのか。父親が率先して声をかければよさそうなものを、何をしているのだろう。

「私の人脈といってもねぇ。こちらに来て、ずいぶん経つし……」

「一人でもいいのよ。――そういえば、さっきの子は？　若い娘さんが挨拶してくれたわよね」

晶子はぎょっとして、針を落としそうになる。

「あの子？　あの子は……うちでお預かりしている娘さんだから」

「利発そうな子だったじゃないの。それも美人で。尼さんたちと暮らすだけなんて、もったいないわよ？」

「それは私たちだって、常々思っているけど」

いや、余計なことは言わないでほしい。というより、この客人は、ここにいるのが左府の娘だと知らないのか。

「ちょっと事情のある子なのよ。都を離れてずいぶん経つし」

「そう？　都にいるそこらの女房より、よほど上品に見えたわよ。さっきの子、二十……何歳？　中の君は十九歳だから、年も近くてちょうどいいと思うのよ。話だけでもしてみてくれない？」

「まぁ、話してみるだけなら……」

とんでもない。中の君は気の毒だと思うが、これは関わるべきではない話だ。中の君とて、姉を女房にしたくはないだろう。そもそも大尼君が、あれも同じ左府の娘、四条藤原家の大君《おおいぎみ》だから、妹の女房をやるのは無理だと、言ってくれればいいだけなのに、どうしていまさらそこを隠すのか。

「命婦の君、今日は泊まっていくでしょう？　女房の当てはないけれど、女房を紹介してくれそうな家なら幾つか知っているから、そちらへ文を書いてあげるわ。今夜のうちに用意しておくから、帰るときにそれを持っていって」

「助かるわ。少なくとも、あと四、五人は集めたいそうだから……」

気がつくと、中の尼君と三の尼君が何か言いたげにじっと晶子を見ていた。晶子は無言で首を横に振る。

絶対に断ってくれるよう、あとで大尼君に念押しはするとして、それまでは客人となるべく顔を合わせないようにしておかなくては。直接勧誘されたら厄介だ。

晶子は手早く縫い物の道具を片付け、部屋から逃げ出した。

「あら、ここにいたの」

晶子が仏間でぼんやりしていると、中の尼君が入ってきて、隣りに腰を下ろした。

「さっきの話、考えているの？」

「え？　いいえ、考えるまでもないです。お断りします」

「まぁ、ねぇ……。あなたは本来、仕える立場じゃなくて、仕えられる立場よね」

「そういう理由じゃありませんよ」

自分の言葉に自分で納得してうなずいている中の尼君に、晶子は苦笑する。

「姉が女房として仕えているなんて、中の君だって気まずいでしょう」

「あら、それじゃ、姉妹でなければいいの？」

「えっ？」

「気まずくなければ、誰かを主として女房勤めしてもいいの？」

「……」

晶子は視線をさまよわせ、黙りこんだ。

考えたこともない。ただそれは自分が女房を仕えさせる側だからではなく、そんな生活から離れ、出家するつもりの身だったからだ。

迷っていた目が、聖観音菩薩像をとらえる。

「……仕えることは、できると思います」

晶子は菩薩の穏やかな面を見つめながら言った。

「わたくしはいまさら左府家の姫を名乗る気も、家に戻る気もありません。ですから出家という道がなければ、どこかの家で女房勤めをしていたと思います」

「まだ出家したいの？」

「ずっと前からそのつもりですが……」

振り返ってそう答えると、中の尼君は困ったように眉根を寄せていた。

「どうしようかしらね。私たち、いずれ都へ戻ると決めていたから、そのときには、あなたにはどこかへ嫁いでもらうつもりでいたのに」

「――えっ!?」

尼僧たちに都へ戻る算段があったなど、初耳だ。てっきりこの庵が終《つい》の棲家《すみか》なのだと思っていた。

「あの、どういうことですか？」

「そもそも、都から離れて暮らすことになったのは、私のせい……というか、私の夫だった男のせいなのだけれど」

中の尼君は苦々しい表情で、開け放された障子の向こうに目を向けた。小さな壺庭には、撫子《なでしこ》が咲いている。

「私の夫はどうしようもない人だったって、子の姫も聞いたことがあるでしょう？あの人と別れるためには、出家するしかなかったと」

「……前に聞きました」

「知り合いが薦めてきた縁談を父が受けて、言われるまま結婚してしまったけれど、一年もしないうちに後悔したわ。……いろいろしがらみもあって、すぐに別れるわけにもいかなくて……もう別れてもいいだろうというころになったら、夫のほうが変に執着してきて、結局、私が強引に髪を下ろして、ようやく別れられたけど――」

中の尼君は目を伏せて、皮肉めいた笑みを浮かべた。

「そうできたのも、姉子のおかげなのよ。私が夫と別れるのに苦労しているのを知って、出家すれば別れられる、でも都にいたら、しつこい夫につきまとわれるかもしれないからって、わざわざここに住まいを用意してくれて」

「……大尼君、面倒見がいい方ですよね」

「ええ。姉子まで出家する必要なんてなかったのに、私が出家しやすいように、先に出家してくれて……。姉子、本当は都で暮らすつもりだったの。それがこんなに遠くに住むことになって、三の子までこっちに来させてしまって、みんな私のせいで」

「それは……中の尼君を守りたかったからでしょう」

都での生活よりも、妹の身の安全を優先したのだ。それは成功したのではないか。少なくとも晶子の知る限り、中の尼君の元夫がここに押しかけてきたことはない。

「私が一番後悔しているのはね、子の姫。……度胸がなくて、宮仕えをしてみなかったことなの」

「え？」

中の尼君は顔を上げ、壺庭の真ん中に立つ葉の朽ちかけた梅の木を見つめていた。

「姉子は掌侍《ないしのじょう》、三の子は女御付きの女房……。二人とも家を出て働いて、そこで夫になる人を自分で見つけて結婚したわ。私も誘われたけれど、どうしても気おくれしてしまって、女房勤めができなかった。その結果が、流されるままの結婚と最悪な夫よ」

深く息を吐き、中の尼君は肩を落とす。

「宮仕えに興味がないわけじゃなかったの。ただ、いつまでも踏ん切りがつかなかっただけ。……離縁のときもそう。さっさと髪を切ってしまえばいいのに、思いきりが悪くて、何とかして他の方法で別れられないか、なんて……。本当にこの度胸のなさで、後悔してばかり」

本当にそうなのか、この十年、同じ庵で暮らしてきて、度胸の有無を量れるようなことがなかったので、それはわからない。ただ、何かを選ぶとき、三姉妹のうちでは中の尼君が一番慎重だと思うことはあったが。

「元夫ね、今年の夏の初めに亡くなったらしいの。病で」

「え。……あ、それで、都に戻ろうと……？」

「ええ。もうここにいる理由もなくなったから。いま、以前住んでいた六条の家を、人に頼んで手入れしてもらっているの。この冬までには移るつもりでいるのだけど、そうなると、あなた一人をここに置いていくわけにはいかないでしょう」

「……」

晶子は呆然《ぼうぜん》と、中の尼君の横顔を見つめていた。

髪を下ろし、この大和国の庵で、尼僧の三姉妹と一緒に穏やかな暮らしを続ける。そのつもりだった。自分はそうやって、静かに一生を終えるのだと。

「わたくしは……その、六条に、置いては、もらえないのですか」

「もちろんあなたも一緒に暮らしていいのよ。ここよりは狭いけれど」

中の尼君は、大丈夫よ、と笑った。

「四条に帰りなさいなんて言わないわ。ただ、私たちは、いまでもあなたの出家には賛成しない。せっかくそこまで伸びた髪をまた切ってしまったら、今度こそあなたの十四年は取り戻せないし、この十年だって、何もなかった十年になってしまうのよ」

あの日までの十四年と、それからの十年。晶子は膝の上で両手を握りしめる。

「ここでの十年は、楽しかったです。何もなかったなんてことありません」

「それなら、私たちはあなたに、これからも楽しくすごしてほしいわ。できれば十四年間で得たものも活《い》かしながら」

中の尼君は体ごと晶子のほうへ向き直った。

「あなたの十四年は宮中で生きていくための準備の時間だったし、十年はお姫様ではない生き方もできるって、わかった時間だったでしょう。どう？　宮中で女房勤めをしながら、姉子や三の子みたいに、自分で恋人を見つけるの」

「恋は……」

一瞬、脳裏によぎった面影を――晶子は気づかなかったことにする。

「……いえ、でも、妹の女房は……」

「姉子みたいに、帝にお仕えしてみる？」

「とんでもない！　それは、荷が重すぎます。……でも、女御付きも、やっぱり」

十四年間必死で身につけてきたことを、何も活かせなかったという悔しい思いは、正直なところ、心の底にずっと残っていた。あれだけ努力をして後宮に足を踏み入れたのは、たったひと晩だけ。結局どんなところだったのか、わからないまま終わってしまった。

自分が生きるはずだった世界を、きちんと見てみたかったと――思ったことがないといえば、嘘になる。

このまま出家したら、いつか後悔するのだろうか。中の尼君のように。

「……そうね。三の子が言っていたけれど、あなたの妹の中の君、きっと入内してもすごく肩身の狭い思いをするだろうっていうから、その女房だって、ねぇ……」

「そんなに、ですか？」

「後ろ盾って、すごく大事みたいね。同じ自分の娘でも、左府様は弘徽殿を最優先にするでしょうし、どうしても中の君の扱いは軽くなるわよね」

やはり父親が同じでも、母親の立場がそのまま娘の後ろ盾になってしまうのだ。

「妹だからというより、冷遇されるに決まっている女御付きの女房になるのは、大変よね。やっぱり、帝にお仕えするほうが——」

「入内、いつごろなんでしょう」

晶子は挑むように、中の尼君を見ていた。

「女房が集まらないなら、焦っておいでtoday でしょうね」

「……そうでしょうね」

「かわいそうに。入内することになるなんて、きっと思っていなかったはずだわ」

つぶやくと同時に、小さな怒りが腹の底に生まれる。

自分より年下の妹が、先に二人も入内しているのだ。自分の番がくると、中の君は考えていなかったのではないか。もちろんその母親も。入内する心づもりがあれば、もっと早くに女房を集めていたはずである。

すべて父親の思惑だ。振りまわされるのはいつも、娘ばかり。

……わたくしも、中の君も。

唇を引き結び、晶子は聖観音菩薩像の前に座り直した。頭を垂れて合掌し、そして立ち上がる。

「——大尼君とお話ししてきます」

それからの日々は、忙しさで飛ぶように過ぎた。

まず尼僧三姉妹と雑仕女たち、それに都で女房勤めをしたいと、かねて望んでいたという小稲も伴って、大和国から都は六条の邸宅に移った。小稲は当面、女童《めのわらわ》として六条で行儀見習いをするという。

そして晶子は、あらためて命婦の君の紹介で中の君に女房として仕えることになったが、本当の出自については命婦の君にも伏せ、ただ、身寄りを亡くし遠縁の尼僧三姉妹を頼って同居していた娘ということにしておいた。多分に怪しい説明であるにもかかわらず、大尼君が先帝のころに掌侍をしていたという経歴の強みで、それで押し通ってしまった。

どうやら中の君の側では本当に人手が足りず、少々はっきりしない素性だろうと、来てくれるならありがたいという状況らしかったのだ。

実際、晶子はその能力ですぐに重宝される女房となった。晶子が想像していたとおり、中の君もその母親も、入内することになるとは露ほども思っておらず、女御となるための教養も心構えも準備も不足していた。晶子が琴を弾き歌集にある歌をそらんじてみせると、それだけで中の君の教育係を任されてしまったほどだった。

中の君もその母親もおっとりとした素直な気質で、そのせいか仕えている女房たちも、穏やかな者が多かった。晶子の能力も純粋に賞賛され、妬まれることもなく、それどころか来たばかりだというのに何かと頼られ、かえって晶子は面食らった。

ひと月もするうちには晶子はすっかり中の君の女房として馴染み、ぜひとも後宮についていってあげてほしいと、中の君の母親から手を取って懇願された。

決して他の女房たちの気が利かないということではなく、また中の君自身も左府家の姫君として劣っているわけでもなかった。ただ急な入内に途惑い、誰もが不安がっていた最中に、楽器や和歌をそつなくこなせる晶子が来たことで、皆がようやく少し落ち着いた――といったところだったようだ。

晶子は三笠《みかさ》という女房名をもらった。大和国の、三笠の山が見える場所に暮らしていたと話すと、中の君がそう呼ぶようになったのだ。

晶子は女房勤めをしながらときどき六条の家に帰り、大尼君と三の尼君から宮中のことや現在の後宮の事情を教えてもらい、中の君の入内に備えた。

中の君の女房をしていることを父に知られないようにするため、これまで文のやり取りをしていた乳母には、しばらく山寺に籠るので文は出せないと知らせておいた。

そして、いよいよ中の君の入内が近づいてきた。

中の君に与えられたのは麗景殿で、晶子は数人の女房とともに、室礼を調えて中の君を迎えるため、ひと足先に後宮に入った。

あれこれと相談しながら調度を並べ、いち段落ついたら今度は自分たち女房が居住する場所を几帳などで区切っていく。晶子は自分の局《つぼね》に、幼いころから使っていた琴や中の尼君からもらった針箱など、六条から持ってきたものを置いた。

「――でも、いいのですか？　わたくしたちが好きな場所を先に取ってしまって」

几帳越しに隣りの局を覗き、晶子は女房仲間に声をかける。

「いいんじゃない？　全員そろってから決めるんじゃ、かえってまとまらないわよ。とりあえず置くものは置いて、あとで変えたっていいんだし」

文机だの化粧箱だのと雑多に広げているのは、二つ年上の女房、能登《のと》だ。

「几帳の数、足りるかしらね。追加で持ってきてもらえるんだった？」

「明日届くそうですから、いまあるものはこちらに立てましょうか」

「北廂にあるのも、こっちに持ってきていいかも。――あ、ねぇ、八条《はちじょう》の君……」

能登は自分の局の片付けを放り出し、他の女房を呼びにいってしまう。晶子もそのあとを追おうとしたそのとき、ふと、視界の隅で何かが動いた。

何げなくそちらを向くと、廂の少し先に白っぽい塊を見つける。

「……え、猫？」

猫だ。よく見ると、白い毛並みに背中の一部と尻尾だけが黒い、ぶち模様の猫が、座ってこちらをうかがっていた。首輪などはつけていない。

「まぁ、どこから入ってきたの……」

晶子が近寄っても逃げるでもなく、ぶち猫は尻尾を揺らしていたが、もうあと少しで手が届きそうなところで、すっと立ち上がって歩きだしてしまう。

何となくついていくと、ぶち猫は東廂の中ほどにある、渡殿の前で止まった。

ここを渡った先にあるのは、隣りの殿舎――たしか梨壺《なしつぼ》だ。

もしかすると、この猫は梨壺から来たのだろうか。しかし、いま梨壺が使われているという話は聞いていないが。

そんなことを考えているうちに、ぶち猫は渡殿に入っていった。晶子は渡殿の先を覗きこみ――ぎょっとして立ちつくす。

渡殿に入ったすぐのところに、二藍の直衣《のうし》姿の男子が座っていた。

こちらを振り向いた、その顔は。

「……宮様……!?」

見間違いようもない。秋の初め、大和の庵にひと晩泊まっていった、その人。

兵部卿宮智平――

呆然とする晶子に対し、智平は驚く様子もなく微笑んで、ひらりと片手を上げた。

「久しぶりだな、子の姫。ようやくまたあなたに逢えた」

「ど……どうしてここに……」

「ああ、いま少々訳があって、梨壺で暮らしているんだ」

「えっ……」

「あなたはどうやら、女房勤めを始めたようだな。その紅の綾《あや》の小袿、よく似合っている。俺での落ち着いた姿も風情があったが、そういう華やかな装いもいいな」

智平はゆっくりと腰を上げ、絶句している晶子のもとへ歩み寄る。

「なるほど、女御付きの女房か。しかし、姉が妹の女房になるとは――」

「……っ！」

その言葉で我に返り、晶子はとっさに智平の口を両手でふさいだ。

「静かに、静かにしてください……！　わたくし、誰にも言っていないのですから」

「……むぅ？」

口をふさがれたままの智平は、片方の眉だけ器用に持ち上げる。晶子は素早く周囲を見まわし、近くに誰もいないのを確かめてから、智平の口から手を離した。

「わたくしの素性は、内緒なのです。大尼君たちの遠縁ということにしてあります」

晶子は険しい面持ちで智平を見上げ、声をひそめて告げる。

「ですからどうか、宮様もわたくしのことは絶対に、絶対に口にしないでください」

「では、新女御どころか左府にも秘密か」

「母にも乳母にも、です。父には一番、知られるわけにはいきません。知っているのは、尼君たちだけです。この勤めを紹介してくださった方も知りません」

「それはまた、徹底しているな」

智平は愉快そうに笑い、腕を組んだ。

「では、あなたがどこの誰なのかを知っているのは、宮中で私一人か」

「……そういうことになります」

「面白い。あなたと秘密を共有できるのは、喜ばしい限りだ。ただ——」

腰を屈《かが》め、智平は晶子の耳元に口を寄せる。

「……うっかり、口をすべらせないとも限らないな」

「！　ですからっ——」

気をつけてくださいと言おうとして晶子は、吐息がかかるほど間近にある智平の、不遜にさえ見えるいたずらっぽい笑みに、言葉を詰まらせた。

強張る晶子の肩に、そっと大きな手が添えられる。

「ひとつ、私を黙らせておく方法がある」

「……脅しですか？」

「そう。あなたを脅している。こんな絶好の機会はないからね」

　小さく喉を鳴らして笑い、そして、智平は急に真面目な顔になった。

「恋人にならないか。私の」

「……」

　そう言われるのは、何となく予想がついていた。

　だが、真顔で告げられることまでは考えていなかった。

　そして、恋人になれ、と命じられると思っていた。

「妻に、と言いたいところだが……それはあなたの気持ちが追いついてからにする」

「……前にも申しましたが、宮様には北の方が」

「離縁した。正式にね」

　一瞬その意味がわからず、晶子はきょとんとして智平を見つめてしまう。

　智平はそこでようやく、表情を緩めた。思いのほかやわらかなその眼差しに、晶子はわけもわからずうろたえる。

「え、り、離縁……」

「別れたということだ。もう半月ほど経つ。ことさら言いふらしてなどいなかったのだが、もう宮中で噂になり始めているから、遠からず子の姫の耳にも入るだろう」

「……どうして、そんな……」

政治的に失脚したとはいえ、室町藤原家はまだそれなりの家格を保っているといっていいはずだ。その家の姫君と、それほど簡単に離縁できるものなのか。

するとどうしてか、表情に変化はないのに智平の相貌に影が差したように見えた。

「まぁ、いろいろあってね。……ああ、大丈夫。あなたを理由にして別れたわけではないよ。さすがに真に心ひかれる姫君がいるからというだけで、離縁は成立しない」

「そ、そうですよね」

離縁を可能とするにはそれなりの条件が必要なのだと、中の尼君から聞いたことがある。ということは、智平と北の方のあいだには、その何らかの条件があったということなのだろうか。

「それで？」

「は、はい？」

「私はあなたを脅している最中だ。恋人になってくれないか？」

恋人になれば、素性について他言しない——ということだ。

晶子は恨めしげに智平を見すえる。

「お断りしたら、わたくしが何者であるか言いふらすのですね？」

「これは痛いところを。私があなたに嫌われるような真似《まね》をするはずがないだろう」

「それなら、脅していることになりませんが」

「だから、実は脅しではなく、希《こいねが》っているだけだ。……頼む、子の姫」

肩に置かれていた智平の手が、片方は頬に、もう片方は背中に流れる髪に、すべるように移動した。

このまま目を合わせていてはいけないと、頭ではわかっているのに、体がまるで動かない。それどころか、夜更けまで語らったあのときは案外楽しかったと――そんな記憶が浮かんでくる。

いっそ、間違いなく脅しだと、恋人にならなければ素性を吹聴すると、そう言ってくれればよかったのに。

返事を待つ眼《め》の熱っぽさに耐えきれず、とうとう晶子はうつむいた。

「っ……わかり、ました」

「子の姫？」

「でも、あの、わたくしは、恋、とか……どうすれば、いいのか」

智平が静かに息をのむ気配がして――次の瞬間には、もう掻《か》き抱かれていた。

「みっ、宮……」

「ああ――やはりあなたは愛らしいな。大丈夫、あなたと私の恋だ。これからどうするかは、二人でゆっくり考えればいい。私はあなたを大切にするつもりだ」

「……そ、そう、です、か……？」

早口で言われ、これでもう後戻りできないのだと、いまさら気づく。

結局、捕まってしまった。晶子は唐突に、小稲から買った夢を思い出す。

「さて、まずはあなたの局を教えてもらおうか、子の姫。できれば、私が忍んでいきやすいところがいいが」

「えっ、こちらに来られるのですか？」

「もちろん、あなたが梨壺に来てくれても大歓迎だ。女御の入内はいつかな？　局はそれまでに決めておけばいいのだろう？」

麗景殿に入ってこようとする智平を、晶子はあわてて止めようとしたが。

「ちょっとぉ、三笠、どこにいったのよー？　運ぶの手伝っ……」

戻ってきた能登が渡殿の前を通りかかり、よりによって密着しているところを見られてしまう。

「……え、誰？」

「あ、あの、能登さん、これは」

「――新女御付きの女房か？　私は兵部卿宮だ。現在、この隣りの梨壺を住まいとしている。こちらの女房は三笠というのか。ちょうどいま口説いていたところだ」

「え、兵部卿宮様……」

能登は大急ぎで一礼し、晶子と智平を交互に見た。

「すごいじゃない、三笠！　来て早々、宮様に見初められるなんて」

「あの、いえ、その」

能登は目を輝かせている。たったいま出逢ったかのような智平の出まかせを、信じてしまったようだ。

「よければ三笠の局は、この渡殿の近くにしてもらいたい。私が通いやすいように」

「あっ、わかりました。このあたりまだ空いてますので。ここを三笠の局にします。三笠、あなたの荷物、持ってくるわね！」

「ちょっ、能登さん――」

丸めこまれるのが早すぎる。

だが能登は止める間もなく、晶子が確保していた局へと足早に去ってしまう。

「せっかく南の廂を取ったのに……」

「東廂も悪くないぞ。もっと日当たりのいい場所でくつろぎたいなら、梨壺の南廂に来ればいい」

上機嫌で肩を抱いてくる智平を、晶子は唇を尖らせて見上げた。

「能登さんに知られてしまったら、他の女房たちに知られるのも時間の問題です」

「あの女房に知られなくても、広まるのは時間の問題だろうな。私は堂々とあなたの局に通うつもりでいるから」

「……恋って、もっと密《ひそ》やかなものかと思っていました」

中の君たちがこちらへきたら、きっと真っ先に話題になるだろう。能登はことさら口が軽いというわけではないが、話好きなのだ。

「では、二人きりのときは密やかに語らおう」

晶子の肩に腕をまわしたまま、智平が再び耳元に唇を近づける。

「これからよろしく。――私の姫君」

早まったかもしれないと思いながら。

晶子は、どうして自分が智平の恋人になることを承知してしまったのか、自分でも理由がわからず途惑っていた。

第二章

ことなしぶともしるしあらめや

中の君が麗景殿に入ったのは、九月の半ばだった。

華々しい入内、というわけではなかった。

麗景殿に四条藤原家から三人目の女御が来るという話は後宮内の誰もが知ることであり、晶子たちが前準備で室礼を調えていたうちから、弘徽殿や承香殿の女房たちが何人も、入れ代わり立ち代わり覗きにきては、こちらの様子をうかがっていた。声をかけてくるようなことはなかったが、遠巻きにして、冷ややかな目を向けてきたりひそひそと耳打ちし合ったりするところは、とても友好的とは言えず、歓迎されていないのは明らかだった。

それも当然だろうと、女房たちも、また当の中の君――女御自身も納得しており、決して目立ったことはするまいと、ひたすら麗景殿に籠っておとなしくしていた。

そんな中でも救いだったのは、女御が帝に気に入られたらしいことだった。入内後すぐに顔合わせも兼ねて麗景殿を訪れた帝は、緊張のあまり真っ赤になってうつむくばかりの女御にもやさしく話しかけ、三日もしないうちに清涼殿《せいりょうでん》の御局《おつぼね》への召し出しもあり、女房たちは皆ひとまず胸を撫で下ろした。

　とはいえ、晶子だけは安心する余裕はなかった。

　何しろ弘徽殿にいるのは子供のころ同じ邸宅で育った実の妹で、その周りにいるのも、昔から妹に仕えてきた女房や女童ばかりなのだ。

　麗景殿を覗きにきた女房の中、あるいは女御の供で清涼殿へ行く道中に、ちらほら見覚えのあるような面々もいて、晶子は扇で顔を隠してそ知らぬふりをしながらも、内心ひやひやしていた。

「そうはいっても、十年経っているだろう。あなたの雰囲気も変わっているだろうし、そもそもあなたが女房勤めをしているなんて、思いもしていないのではないか」

　梨壺の南廂で、智平は脇息にもたれ、ゆったりと座っている。

　よく晴れた昼下がりで、乾いた風が心地いい。

「ええ、まぁ……。四条の家の者は、わたくしはとうに出家したと思っているでしょうから」

　智平の傍らで、晶子はため息をついた。

　二人のあいだには、梨壺の女房が用意してくれた、粉熟《ふずく》や小豆餅が並べられている。

「私は弘徽殿の女御を何度か遠目に見たことがあるが、あなたとはあまり似ていないようだったな」

「そう……かも、しれません」

晶子は十年前の、まだ幼かった妹の姿を思い浮かべた。いまはもう十八歳か。

「卯《う》の姫は……あっ、妹は卯の姫と呼ばれていたのですけれど、母に似ていました。わたくしは、父……というか、父の母、つまり祖母に似ているそうです。子供のころ古参の女房たちに、よくそう言われました」

「なるほど。では、うっかり顔を合わせても、姉妹だとは思われないのではないか」

「そうだといいのですが……」

実際に対面する機会はまずないだろうが、気をつけておかなくてはなるまい。そう思いながら、晶子は智平の顔を、じっと見た。

「ん、何かな?」

「宮様と主上は、似ていらっしゃいますね」

母親の違う兄弟だが、先だって目にした帝の面差しは智平の顔の造作と似ていて、しかし智平よりはもっと柔和な印象だった。

「ああ、主上も私も父親似だ。先帝の皇子たちのうちで、父親似は主上と私だけだったから、腹違いでも一番兄弟らしく見えてね。おかげでいまでも、主上は私にとてもよくしてくださる」

智平は目を細めてうなずき、そして晶子のほうへ少し身を傾ける。

「だから、あなたには不本意かもしれないが、私と親密にしておくことは、麗景殿の女御のためになる」

「……女御様の、ため？」

どういうことかと首をひねると、智平はにっと笑った。

「仮に今後、弘徽殿や承香殿の者が麗景殿を軽んじ、あなどるような言動があったとする。ところが麗景殿には、主上と親しい兵部卿宮を恋人に持つ女房がいる。そして麗景殿への不当な扱いがあなたから私に伝われば、それは当然、主上の耳にも入るというわけだ。私は不当な扱いについて主上に言いつけるから、主上の弘徽殿あるいは承香殿への心証は、間違いなく悪くなる——」

「……」

「つまり、麗景殿の女房の中に兵部卿宮の恋人がいる、という話が広まれば、迂闊《うかつ》に麗景殿の女御をおとしめようとする者はいなくなるだろう？」

智平は得意げに顎を上げたが、晶子は思わず、口をぽかりと半開きにしてしまう。

そんなこと、微塵《みじん》も頭に浮かばなかった。

「わたくしは……宮様とのことはできるだけ知られないようにと……」

「どうせどこからか広まるものだ。私に隠す気はないからな。むしろ先に広めておかないと、あなたに言い寄るやつが現れてしまう」

まさか、と否定しようとしたが、女房は人前に出なければならない仕事だ。人目につけば、戯れにでも声をかけてくる者がいないとも限らない。

それを考えれば、すでに恋人がいる——それも相手が親王だとなれば、それだけで牽制《けんせい》になるはずだ。わずらわしいことが避けられるのは、たしかにありがたいが。

「宮様は、それでよろしいのですか？」

「何が？」

「だって、まるでわたくしが、女御様のためにも、自分のためにも、宮様を利用しているような……」

「ああ、構わないよ。あなたの役に立てるならね」

智平は快活に笑った。

「こんな立場は生まれ持ったもので、私自身が努力して得たものではない。それでも使い道があるのだから、いくらでも使うといい。あなたになら喜んで利用されよう」

「そんな……」

晶子は苦笑して、首を横に振る。

そう言われても、では遠慮なくと智平の名を出すつもりはないが、結果としてその名に守られてしまうことを、智平が気にしないでくれるのであれば、こちらが助かるのは事実だ。

……おおらかな方なのよね。

庵に泊まった夜は、強引さが恐ろしかったが、いざ恋人になってしまうと、智平はこちらがかえって途惑うほど、気遣いを見せてくれている。

一緒にすごす時間を求められはするが、いまのところ、こうして昼間、菓子を摘みながら話をするくらいで、不用意に触れてこようとはしない。局の場所も決めておきながら、夜に忍んでくることもなかった。

拍子抜けするほど穏やかな付き合いで、恋人とはこういうものなのだろうかと、逆に不安になるときさえある。

とはいえ、このままの関係でも不満はないし、急にまたあの夜のように迫られたら──たぶん、今度も逃げ出してしまいそうな気がする。

こうしてただ話をするだけなら、本当に心休まるのだ。

そう、皮肉なことに、自分の正体を知る智平と一緒にいる時間が最も安らげるようになってしまった。

女房としての仕事の手が空いたときなど、招かれるまま図々《ずうずう》しく邪魔しているが、親王の住まいとして使われている現在の梨壺は、他の殿舎の女房はおいそれと入れないため、ある意味、麗景殿より落ち着けた。

「……でも、わたくしにはもう大きな秘密がありますから、宮様とのことまで隠そうとしたら、秘密だらけで疲れてしまいますね」

「そうだろう。秘密はせいぜい、ひとつぐらいにしておいたほうがいい」

智平は晶子を見つめ、微笑んだ。

「あなたは素直だから、本来、隠しごとは向かないはずだ。つらくなったら、何でも私に言うといい。愚痴でも何でもね」

「……宮様……」

ありがたい――と思うと同時に、こうして気遣われるたび、内心で動揺していた。安らげるのにそわそわする、この矛盾は何なのだろう。

目を合わせていられなくなり、庭を眺めるふりをしてさりげなく視線を外す。白や黄色の菊がところどころで咲き始めており、花に目を引かれたということにすれば、不自然ではないはずだった。

すると、ちょうどよく庭先を猫が通りかかった。以前、麗景殿に入りこんでいた、白黒のぶち猫だ。

「あの子、普段は梨壺にいるのですか」

「猫か？　ああ、巽《たつみ》の衛士《えじ》か」

「衛士……？　それがあの子の名前ですか？」

「私の母は前の藤壺の女御だが、隣りの梅壺《うめつぼ》の女御が、乾《いぬい》の衛士という三毛猫を飼っていてね。とても賢くて、宮中の見まわりをする衛士のようにあちこち歩きまわるものだから、そう呼ばれていた。あの巽の衛士は、乾の衛士の孫にあたる猫だ。叔父の山吹《やまぶき》大納言の家で生まれたのをもらったのだが、同じように後宮の中をよく歩きまわるので、乾の衛士にちなんで、こちらは巽の衛士と名付けた」

「それで麗景殿の中まで歩いていたのですね」

智平が話している間に、巽の衛士は庭を横切り、尻尾を揺らしながらどこかへ歩き去っていく。行く先は麗景殿の方向だ。

「またあちらへ行こうとしているな……。巽の衛士には、梨壺も麗景殿も関係ないようだ。すまないが、あちらで見かけたら、出ていくように言ってくれ。あの猫も賢いから、聞き分けるだろう」

「あら、こちらは助かっていますのに」

「助かっている？」

珍しく智平が怪訝な顔をしたのが楽しくて、晶子はふふっと笑った。

「麗景殿には猫がいないのです。女御様の御実家には猫が一匹しかおりませんので、連れてくるわけにはいかなくて。でも、巽の衛士がときどき、鼠《ねずみ》を追い払ってくれるのです」

「なるほど。役に立っているならいいが……」

智平は天を仰いで、何か考える素振りをした。

「巽の衛士だけでは、やはり心許《こころもと》ないだろう。猫を譲ってもらえる当てがあるから、声をかけてみようか」

「本当ですか？　それはありがたいです」

晶子が手を打って喜ぶと、智平は菓子の皿を脇に押しのけ、急に膝を詰めてくる。

「宮様？」

「あなたがずいぶんくつろいだ様子だから、もう少し近づいてもいいかと思ってね」

「えっ……」

しまった。気を緩めすぎたか。

晶子が思わず身構えると、智平は声を立てて笑い出した。

「ははは……。まだまだ慣れてはくれないか」

「す、すみません……」

「まぁ、いい。どうやって大和まで通おうかと思案していたことを思えば、毎日顔が見られるだけでも上々だ」

そう言って、智平はおとなしく元の場所へ座り直し、脇息に肘を置く。晶子は肩をすぼめ、短く息を吐いた。

「また、大和の庵へ来られるおつもりだったのですか」

「もちろん。しかし、さすがにそう頻繁には行けないからね。あなたが都に戻ってくれてよかった」

「……」

晶子は曖昧な表情でまた目を逸らす。

都へ戻れば――宮中にいれば、いつか智平の姿を見かけることもあるかもしれないと、考えたことはあった。だが、まさか智平が隣りの殿舎にいるとは、まったく予想しなかった。そもそも結婚しているというのだから、どこかに邸宅を構えて暮らしているのだとばかり思っていたのに。

……そういえば……。

北の方と離縁したという話の、詳しいことを聞けていない。智平は、噂になり始めているから耳に入るだろうと言っていたが、まだ新参の麗景殿に、噂などそう入ってくるものではなかった。

気にはなっているが、話題にするのもはしたないように思えて、結局謎のままだ。

「そうだ、子の姫。あの尼君たちは元気なのか。ともに都に移ったのだろう？」

「え。あ、はい。お元気、です……」

晶子はゆっくりと智平に視線を戻し、じっとうかがい見る。

「どうした？」

「……ここで子の姫と呼ばれるのは、ちょっと、差し支えが」

「そうか。では、何と呼ぼうか」

「普通に、三笠では」

「女房の名ではないか。恋人らしくない」

智平は不満げに眉根を寄せた。そこはこだわるところだろうか。

「でも、いまは女房ですので……。わたくしは、三笠で構いません」

「私は嫌だ。二人きりのときに女房名で呼びたくない」

「えぇ……」

それなら仕方ないから子の姫のままで、と言おうとしたとき、智平が眉を開いた。

「晶《あき》」

「えっ？」

「晶だ。ああ、晶姫でもいいな」

「……何ですか、それは」

「あなたの名前は晶子だろう」

たしかにそうだが。

「何故、御存じなのですか」

「昔、何かの文書で見た。あなたが先坊の添い臥しに決まったとき、おそらく左府が娘の名前を記した文書を提出したのだろう。あなたが髪を下ろして都を去ったと聞いたあと、未練がましく、あなたに関するものを探しあさったことがあってね」

晶子は目を見開き、またも口を半開きにしてしまう。

「名前なんて、わたくしですら忘れかけていましたのに……」

「晶子とそのまま呼ぶのははばかられるから、晶にしよう。これなら幼名でも女房名でもないし、恋人らしいだろう」

今度は満足そうに、智平はうなずいた。

……未練がましく、って。

智平が自分の姿を見たのは、十年前の添い臥しの夜、ただ一度きりのはずなのに。

また、心が落ち着かなくなる。

「あの、わたくしそろそろ戻りませんと……」

「もう行くのか」

残念そうに言いながらも、智平は引き止めるようなことはしない。女房勤めの立場を理解してくれているのだ。

「戻るなら、これを持っていくといい。私はこんなに食べないから」

智平は懐紙を取り出すと、皿に残っていた粉熟と小豆餅をそれぞれ包んで、晶子に手渡した。

「こちらの女房の方々が召し上がるのでは……」

「女房どもは女房どもで、自分たちのぶんは先に取ってあるはずだ。皆、ちゃっかりしているからな」

「でしたら……ありがたくいただきます」

礼を言って、晶子は菓子の包みを抱えて立ち上がる。

智平は笑みを浮かべ、ひらりと片手を振った。

「いつでもここにおいで。――晶」


「美味《おい》しいー。甘いー」

「これ甘葛《あまずら》かなり入れてるわよね。さすが宮様のお菓子……」

「ねぇ、これ女御様にも差し上げたの？　持っていく？」

「あ、女御様にはもう先にお分けしたから大丈夫」

「三笠が梨壺から帰ると、これが楽しみなのよねー」

麗景殿の女房たちは、晶子が持ち帰った菓子を次々に摘んでは、歓喜の声を上げていた。騒ぎにつられて、あちこちから他の女房たちも集まってくる。

「あっ、粉熟があるなら呼んでよ。備前《びぜん》、ちょっとそれこっちにも分けて」

「民部《みんぶ》さん、顔に餅の粉がついてます」

「三笠のお土産？　梨壺の？　一昨日いただいた糫餅《まがりもちい》も美味しかったわよね」

「いやー、三笠が兵部卿宮様の恋人でよかったわー。おかげで間食が充実して……」

大喜びで菓子を口にする女房仲間たちを、晶子は苦笑しつつ眺めていた。

手が空いたときだけとはいえ、それなりの時間、梨壺に行くことを黙認してもらっている状況だ。それでも誰も文句を言わないのは、ここの女房たちののんびりとした気質もあるだろうが、この土産の菓子のおかげもあるのではないかと思う。

もしかすると、智平がたびたび山のように菓子を持たせてくれるのは、これを見越してのことだったりするのだろうか。

「——三笠。白湯《さゆ》あるけど、三笠も飲む？」

先に菓子を食べ終えていた能登が、几帳の裏から手招きしてくる。晶子は腰を上げ、几帳の後ろにまわった。

そこには他に数人の女房仲間と、腹違いの妹——麗景殿の女御がいて、皆で白湯を飲んでいた。

「女御様もお菓子を召し上がったから、白湯をもらってきたのよ。はい、どうぞ」

「ありがとうございます……」

晶子は能登から椀《わん》を受け取り、口をつける。

「三笠、ありがたいけれど、あんなにたくさんいただいてしまっていいの？」

侍従《じじゅう》と呼ばれている、麗景殿で一番年かさの女房が、心配そうに訊いてきた。

「宮様がいつも、あれくらい御用意くださるのです。遠慮すると、かえって御機嫌を損ねてしまいますので……」

実際のところは、断ると子供のようにすねて、いいから持っていけと押しつけてくるのだが。

「まぁ、いいじゃないですか、侍従さん。きっと兵部卿宮様は、三笠が可愛くて仕方ないんですよ」

能登がからからと笑い、ねぇ？　と晶子に同意を求めてくる。そう言われてもどう返事をすればいいのかわからず、晶子はただ黙って首を傾げた。

「兵部卿宮様、北の方と離縁したばかりだというから、案外そうなのかもしれないわね。新しい恋が楽しいのでしょう」

「え、離縁？」

高倉《たかくら》という三十歳ほどの女房の言葉に、皆がざわつく。

「それ、本当？」

「本当よ。三笠だって知っているでしょう？」

「……宮様から聞いてはいるけれど、詳しいことは、全然……」

すると高倉は少し意外そうな表情をしながらも、うなずいた。

「お付き合いを始めて、まだそれほど経っていないものね。尋ねづらいわよね。私は姉が内侍司で掌侍をしているから、宮中の噂話をよく教えてもらうのよ。でも兵部卿宮様の離縁は、ただの噂ではなくて、本当のことですって」

高倉が姉から聞いた話によると、離縁は八月末ごろのことらしかった。

智平の妻が室町藤原家の姫君だということは、晶子も知っている。故室町大納言の長女で、今年十九歳。世間では室町の君と呼ばれているという。智平が十五歳で元服したそのあと、五つ年下の室町の君との婚約が決まり、三年後、室町の君が十三歳で裳着をすませてから正式に結婚したのだそうだ。

結婚から現在に至る六年のあいだに、二人のあいだに子はなかった。室町大納言が存命のうちは、それなりに夫婦らしく見えるように取り繕っていたらしい。室町大納言が娘のために建てた、内裏にも近い近衛大路《このえおおじ》沿いの邸宅に、智平も同居していた。

ところが結婚の次の年、室町大納言が亡くなると、室町の君は周囲に公然と訴えるようになったのだという。――この結婚は父が無理やり決めたもので、自分は嫌だった、と。

「……それ言われたら、兵部卿宮様の立場がないじゃない」

「無理やり決められたのは兵部卿宮様も同じなんじゃないの？　どうなの？」

「もちろん、兵部卿宮様の御希望ではなかったのでしょうね。室町大納言が強く望まれたから、当時の主上も御承知になられたというだけで」

前のめりで話を聞いている女房たちに、高倉がなだめるように手を振る。

「それで、その嫌だった理由というのがね、室町の君には想い人がいたのですって」

「え——誰よ？」

「結婚が嫌だったっていうなら、結婚前から想う相手がいたってことよね？」

「室町藤原家のお姫様なんて家の中から出ないでしょうに、よく恋ができたわねぇ」

女房たちが顔を見合わせ、晶子も目を瞬かせた。

自分も四条藤原家にいたころは、祖父と父親、弟以外の男子を見かけた記憶など、ほとんどない。想い人を作れるような機会そのものが与えられなかったが。

「その想い人が誰なのかは、まだ噂にもなっていないみたい。でも、とにかく室町の君が嫌だ嫌だと愚痴を言うものだから、兵部卿宮様は、あまり家に寄りつかなくなったそうよ」

初めは母屋を出て対の屋に移り、それでも同じ邸内にいること自体がわずらわしくなったのか、母親が暮らしている宮中の藤壺に戻ったり、母方の伯父や叔父の家に間借りしたりと、あちこちを転々として、室町の君がいる家には滅多に帰らなかった。

そんなとき、智平の父である当時の帝が病の床についた。見舞った智平は帝から、縁あって夫婦になったのだから、家に帰って北の方とよく話し合うようにと諭され、病身の父親に心配をかけまいと、室町の君が住む近衛大路の家に戻ったのだという。

智平と室町の君が話し合ったのかどうかは、わからない。だが智平はそれからずっと、近衛大路の家の対の屋で暮らしていた。

ほどなく帝が崩御し、今上の帝に代替わりしても、智平と室町の君は別れなかった。現在の室町藤原家の家長である室町の君の兄が、智平に対して妹の物言いをわびて、どうか別れないでやってほしいと懇願したという噂が、流れたこともあったらしい。

そこから三年ほど、智平と室町の君が人々の話題になることはなかった。今上の帝が兵部卿宮をとても頼りにしているようだと、そういった類いのこと以外、智平の名が聞かれることもなかった。

「それが、急によ。――八月末に北の方と正式に離縁したと、兵部卿宮様が御自身で主上や上の女房たちに話してまわられていたのですって」

それを聞いて、掌侍をしている高倉の姉は、腑《ふ》に落ちたのだそうだ。実は智平は、今上の帝の代になって以降、宿直のさいの直廬《ちよくろ》として梨壺を使っていたが、半年ほど前から宿直のない日でも梨壺で寝起きしており、もはや住んでいるといっていい状況だったのだ。しかも智平付きの女房までが常駐するようになっていて、内侍司では、あれほど宮城に近い邸宅がありながら帰っていないということは、智平は室町の君と完全に別居しているに違いないと、認識していたという。

やはり離縁は避けられなかったのだ。しかし、いまごろになって何故。

すると今度は、とんでもない噂が流れてきた。室町の君は、少し前から行方知れずになっているらしい、と。

「え、何ですか、それ……」

「家にいないんですか？」

「姉が聞いた話では、七月に、兵部卿宮様が都を離れて鷹狩にお出かけになったそうなのだけれど――」

晶子は白湯の椀を両手で握りしめたまま、思わず息をつめる。

「その夜に、室町の君がどこかへ消えてしまったのですって」

「やだ、怖い……」

「待って。それ室町の君が、夫のいないうちに家出したということ？」

「あっ、行方知れずって、家出ってこと……」

「まさか想い人と？」

「それ、駆け落ちじゃないの」

「それなら離縁になって当然じゃない？」

女房たちがざわつく中、晶子はひたすら息を殺していた。

あの夜に、まさかそんなことが起きていたなんて。

「そうなの。どうやら行方知れずの真相は、想い人との駆け落ちだったみたい。そうなってしまったら、さすがに結婚を続けるのは無理よね」

　今度ばかりは室町の君の兄も、智平に言い訳できなかったのだろう。離縁に承知したという。

「それで、いまどこにいるの、室町の君」

「そこまではわからないわ……」

「お気の毒ね、兵部卿宮様。結局、室町の君に振りまわされてばかりで」

「そういうときこそ、新しい恋なのよ。——ねぇ、三笠」

　なるべく存在感を消していようと、ここまでじっと動かずにいた晶子に、女房たちの視線が集中する。

「そうよね、三笠が兵部卿宮様にやさしくしてさしあげるのが、一番よ」

「そういえば、ねぇ三笠、昼間梨壺に行ってるのは知ってるけど、夜は？　ちゃんと夜もあちらに行ってるの？」

「あの、それは……」

　こういう話の流れになるのを避けたいから、ずっと黙っていたのに。

　どうやってこの場から逃げようかと、晶子が腰を浮かせつつ思案していると、細く可愛らしい声が割って入った。

「みんな、それくらいにしてあげなさいな。三笠が困っているではないの」

意外な助け舟は、いままで女房たちの輪をただ笑顔で眺めていた、女御だった。

主にたしなめられ、身を乗り出していた女房たちは、そそくさと姿勢を直す。

「二人の恋は、二人のちょうどいい速さで進めればいいのよ。——三笠、歌集を読んでほしいの。これから時間はある？」

「は、はい。あります」

女御のおかげで、その場は散会となった。晶子は冊子箱を取りに立つ。

「ありがとうございます。助かりました……」

女御の前に歌集を積み上げて一礼すると、女御は首をすくめ、ふふ、と笑った。

「偉そうなことを言ったけれど、わたし、恋のことなんてなぁんにも知らないのよ。子供のころから、どうせいつかはお父様の決めた相手と結婚するのだから、恋なんて無駄なものだと思っていて……」

「そう——そう、なのですね」

思わず、わかるわかると大きくうなずきそうになり、かろうじて小さな首肯にとどめる。晶子は女御のほうへ少し膝を進め、声をひそめた。

「わたくしも、恋のことは何もわかりません。急に宮様の気を引いてしまって、どうしたものかと、いまだに途惑っております」

「困ったわねぇ。これから三笠に、恋の歌を習うところなのに」

女御はふんわりと微笑んで、歌集を一冊、手に取る。

小柄で十九歳ながら少女のような愛らしさの女御は、どうやら母親似で、晶子とはまるで似ていない。

「三笠は、まだ宮様に恋はしていないのね」

「……お話しするのは、決して嫌ではありませんが……」

どういう心の動きを恋と呼ぶのか、皆目わからないのだ。

「みんなが盛り上がっているからといって、流されなくてもいいのよ。三笠は三笠の気持ちを大事にしてね」

「……はい」

おとなしそうに見えるが、芯のしっかりした姫君だ。主として女房たちをまとめる能力もあり、周囲への目配り気配りもできて、とても聡《さと》い。仕え始めてまだそれほど経っていないが、晶子もこの短いあいだに充分、この姫君のために働こうという気にさせられていた。

……少なくともわたくしより、はるかに女御に向いているわ。

自分は生まれたときからその役目を負わされていたのに、いざそのときになっても、覚悟は足りていなかった。

五つ年下の、しかし自分よりずっと頼りになる妹に、晶子はにこりと笑みかける。

「何かあれば、女御様に御相談しますね」

「それは困るわ。わたし、いま、恋のことなんて何も知らないと言ったばかりよ？」

「女御様のおわかりの範囲で、何か御助言いただけましたら」

「えぇ？　無理よ、無理。三笠ったら、わたしをからかっているのでしょ……」

女御と一緒に軽やかに笑い、晶子は背筋を伸ばした。

「では、始めましょうか。前回は十一巻まで──」

そのとき、どこからかざわめきが聞こえてきた。同時にあわただしい足音が近づいてきて、几帳を押しやり女房が一人、顔を出す。女御の乳姉妹、小少将《こしょうしょう》だ。

「女御様、いま、左府様がお見えになりました」

「お父様が？」

女御は腰を浮かせ──晶子の顔からは血の気が引いた。

「まぁ、急なこと。先触れを出してくだされればいいのに……。どちらに？」

「承香殿からこちらにいらしたようで、西の孫廂に」

「仕方ないわねぇ」

父親を出迎えるため、女御が扇を手にして、小少将とともに几帳の内から出ていく。

晶子は、そのあとを追わなかった。いや、追えなかった。

　是望は三人目の娘の入内を決めておきながら、準備のあいだ、中の君の家を訪ねてはこなかった。だから晶子は、十年前に髪を切られて以来、父親には会っていない。文のやり取りさえ一度もなかった。

　ここで顔を合わせて、父は気づくだろうか。気づくとは思えない。でも、万が一気づかれたら――きっと、ここで女房勤めはできなくなってしまう。そのあとは、どうなるか。まだ出家していなかったのかと、再び髪を切られるか。それとも、出家していないのなら家の役に立てと、父にとって都合のいい誰かと結婚させられるか。

　智平の面差しが頭をよぎる。

　もし、また髪を切られたら、智平はどう思うだろう。

　……そもそも出家するはずだったのに、そんなこと……。

　野太い男の声が西廂のほうから聞こえてきた。晶子は震える足でどうにか立ち上がり、後ずさって女御の座所から離れた。

　顔を見られてはいけない。できるだけ近づかないようにしなければ。

　晶子が御簾をくぐり東廂に逃げたのと、はっきりと声が耳に届いたのは、ほぼ同時だった。

「几帳が少ない？　衝立も使っているのか？　何だ、散らかして……。菓子？　皿を使え、皿を」

父は、こんな声をしていただろうか。もう記憶にない。怒鳴り声だけは夢で何度も聞いたはずだが、あれも現実で聞いたのと、もはや違っているのかもしれない。

とはいえ、いまそんなことを考えて感慨にふけっている情緒も余裕もない。晶子は大急ぎで自分の局に飛びこみ、扇を摑んだ。

「あ、こっちにいたの、三笠――」

御簾を掻き分け、能登が顔を出す。

「左府様がお見えよ。あたしたちも御挨拶しないと」

「は、はい。ですから、扇を」

「ああ、そうねぇ。あたしも持ってくるわ」

まったく急なんだから、とぼやきつつ、能登も自分の局に小走りに戻った。

他の女房たちや女童らも慌ただしく身舎《もや》に集まってきて、室礼を眺めている是望の前に次々と居並び、平伏する。皆がそろったところで、最古参の侍従が挨拶した。

「ようこそお出ましくださいました、左府様――」

「ここの女房は、これで全員ではあるまいな？　他はどこへ行った？」

「……これで全員でございますが」

侍従が顔を上げ、低い声で答える。いかにもしらけたという口調だった。

「全員だと？　何故もっと連れてこなかった！」

「お言葉ですが、お父様。わたしの女房になりたいなんていう奇特な女人は、滅多におりませんのよ。誰もかれも、お仕えするなら、いまをときめく弘徽殿の女御様にと望みますもの」

　おっとりと、しかし確実に皮肉を含ませて、侍従の代わりに女御が告げる。それでようやく伝わったのか、是望は不機嫌そうに黙りこんだ。

「弘徽殿や承香殿のようににぎやかではございませんけれど、わたしはこれくらいの人数で充分足りておりますの。皆、よく働いてくれますすわ」

「……しかしな、あまり少なくては、見映えがしない」

「でしたら、お父様が方々にお声がけくださいませ。ぜひとも麗景殿で働いてやってほしいと。我が家の伝手《つて》では限界がありますす」

「いや、儂《わし》も声はかけておるが……」

　言葉を濁したということは、やはり、どうせ働くなら弘徽殿にと言われているのだろう。自分ができなかったことは棚に上げて、よく文句をつけられたものだ。

　そういえば幼いころに、当時まだ存命だった祖父が、是望は物ごとが順調なときはいいが、ひとたびつまずくと、余計なことをしでかしたり、対処できずに他人任せにしたりするから困りものだ、と嘆いているのを、たびたび聞いた。

本質は何も変わっていないようだ。晶子は頭を下げたまま、そっとため息をつく。

「家から侍従や上総《かずさ》たちがついてきてくれましたし、新しく入った高倉や三笠や松尾《まつお》も、本当に頼りになりますの。——皆、もう顔を上げていいのよ」

晶子は自分の名が出て一瞬肩を強張らせたが、どうにか動揺を抑え、周りの女房たちに合わせてゆっくりと頭を上げた。顔は扇で隠しつつ、視線を前に向ける。

前に並ぶ女房たちの隙間に、黒色の袍《ほう》が見えた。女御はすでにその傍らに着座しており、立っているのは是望だけだった。

「見ない顔ばかりだな。新参が多いのか」

「半分は、もともと我が家にいた女房ですわ。あとの半分は、新たに募りました」

「ふむ……」

みしり、みしりと床をきしませながら、是望が女房たちのほうへ近づいてくる。

晶子は最後列の中ほどで、息を詰めていた。

ここまでは近づいてくるまい。来ないでほしい。ずっと下を向いていたので、父の顔はまだ見ていなかった。だが、このまま何ごともなくやりすごせるなら、顔なんて見なくて構わない。

そう祈っていたのに、是望は女房たちの列の外側からまわりこみ、一番後ろの列の横で足を止めた。

「なかなかの美形がいるようだが……扇で顔がよく見えんな。おい、そこの」

横柄に呼ばれたのは、誰なのか。横顔も隠したかったが、下手に動いて逆に注目されるようなことは避けたい。

「そこの、おまえだ。聞こえんのか。蘇芳《すおう》の唐衣に白菊の表着《うわぎ》の、おまえだ」

晶子はぎこちなく視線だけを動かし、自分の今日の装いを確かめる。

蘇芳色の唐衣に、その下の表着は、白と萌黄《もえぎ》の白菊の重ね――

「何をしている。出てこい。こっちに来て儂の相手をせぬか」

「……」

頭の中は真っ白になり、腹の底では幾つもの感情が泥のような色に渦巻いていた。

正体を知られるかもしれない恐怖。娘の前で軽々しく女に声をかける品のない行為への嫌悪。そんな男が自分の父親でもあるという失望。

吐き気がする。

いっそのこと、この扇を十年ぶりに見る面に叩きつけてやろうか――

「お父様、みっともないことはおやめくださいませ」

これまで聞いたことがないような厳しい口調で、女御が声を発した。

「何だと？　いま何と言った」

是望の声にも、すぐに怒気がまじる。

「ここにいるのはわたしの女房であって、お父様の召人《めしうど》ではありません。それぞれに夫や恋人がおります。女房へのお戯れは、御自分のお家でなさってくださいませ」

「お、おまえ、この、生意気な――」

激高の気配に、晶子の脳裏に十年前の光景がよぎった。

いけない。この父は何をしでかすかわからない。

女御を守るため、扇を振り捨て立ち上がりかけたそのとき、甲高い雄叫《おたけ》びとともに視界の端から白いものが飛んできた。

「……っ、うわ、何っ――ぎゃぁあぁ!!」

麗景殿に、人の悲鳴と獣の絶叫が響き合う。

是望の顔にへばりつき、被った冠に爪を立てていたのは、白黒ぶち模様の猫。

「巽の衛士……!」

背中の一部と尻尾だけが黒い、それは間違いなく巽の衛士だった。

晶子だけでなく女房たち皆があっけにとられる中、巽の衛士は果敢に是望に挑み、うなり声を上げながら冠をばしばしと前足で叩いている。

「よせ、脱げる、脱げる、頭っ――う、うわぁ！」

猫を引きはがそうと暴れた是望が、よろけてたたらを踏み、とうとう派手に尻餅をつく。床が震えるほどの音を立てて倒れた父の姿は、十年前よりだいぶ肥えていて、頰も顎もたるみきっていた。

そのとき誰かに袖を引かれて振り向くと、隣りにいた高倉が、女御のほうを見るように身振りで伝えてきた。晶子が目を向けると、女御も半分腰を浮かせ、こちらを見て手を振っている。いまのうちに下がれということらしい。

晶子は女御に一礼し、素早く背後の御簾をくぐって身舎から出た。

「まぁ、お父様、大丈夫ですか？　起きられます？」

「いたた……。何だ、この猫は！　どうしてつないでおかない!?」

「つなげませんわ。ここの猫ではありませんもの。お隣りの、梨壺の猫です」

「梨壺!?」

「ええ。ですから、兵部卿宮様が飼っておいでで……」

晶子が御簾の裏で身を屈めて様子をうかがっていると、巽の衛士はようやく是望の上から退いて、どこかへ走り去っていく。是望はすでにいなくなった猫に悪態をつきながら、どうにかこうにか起き上がった。

「うぅ、痛い……。あんな乱暴な猫は見たことがないぞ。兵部卿宮の猫だと？」

「お怪我《けが》はございませんか、お父様」

「腰が痛いわ！　まったく、とんでもない猫だ。どうして梨壺の猫が……」

是望のわめき声を聞きつつ、晶子は身を伏せたままじりじりと後退し、東廂を這《は》うように移動して梨壺に通じる渡殿に入ると、中ほどでうずくまる。

もし父がこちらまで追ってくるようなことがあれば、梨壺でかくまってもらうしかない。父がまだ何か怒鳴っているらしき声は聞こえていたが、何を言っているかまではわからない。

そこへ麗景殿のほうから、巽の衛士がゆうゆうと歩いてきた。さっき是望に飛びかかったのは気まぐれだったかと思えるほど、すました顔をしている。

巽の衛士はそのまま渡殿を歩いてきて、晶子の前で立ち止まった。

「あっ……あの、さっきはありがとう、巽の衛士。助かったわ……」

女御がいさめてくれたとはいえ、あのままでは実の父親に口説かれるという、おぞましい事態になりかねなかった。それを回避するには正体を明かすしかなかったはずだ。巽の衛士が闖入していなければ、どう転んでも悪い結果にしかならなかった。

晶子がおそるおそる巽の衛士の背中を撫でてみると、巽の衛士はその場に腰を落ち着け、嫌がりもせず目を細めている。

「本当に助かったわ。入内から十日も様子を見にこなかったくせに、来たら来たで、あれだもの。十年前は、あそこまでひどくなかったはずなのだけれど……」

巽の衛士を撫でながらため息をつくと、ふと、覚えのある香りが鼻をかすめた。

「……？」

どうやら、巽の衛士が香りのもとのようだ。晶子は顔を近づけてみる。

この薫物は、おそらく黒方《くろぼう》。これは。

……移り香。

今日、智平が使っていた香りだ。

晶子は突然巽の衛士が飛びこんできた理由を、何となく察する。

「……」

いつのまにか父の声は聞こえなくなっていた。麗景殿から出ていったのだろうか。撫でる手を止めると、巽の衛士はするりと晶子の横をすり抜けて、梨壺のほうへと歩いていってしまった。晶子も立ち上がり、足音を立てないように麗景殿に戻る。

東廂から御簾越しに身舎の様子をうかがうと、聞こえてきたのは女房たちの雑談の声だけだった。ほっとして御簾の内を覗くと、近くにいた女房たちが気づいて、駆け寄ってくる。

「ああ、三笠、逃げられてよかった……」

「災難だったわね。やだ、顔が真っ青よ。休まなくて平気？」

「三笠の君、お戻りでしたら女御様が——」

女童に袖を引かれて振り向くと、女御と小少将が手招きをしていた。晶子は自分を気遣う女房たちに礼を言い、女御のもとへ行く。

「ああ、三笠、ごめんなさいね、嫌な思いをさせてしまって」

「大丈夫ですか？　もう左府様は出ていかれましたから」

「ありがとう。大丈夫……。女御様、すみません。女御様こそ、お叱りは受けませんでしたか」

「梨壺の猫のおかげで、お父様もそれどころではなくなったわ」

女御は笑って、腰のあたりを指さした。ひっくり返ったときに打った腰が痛くて、早々に帰ったということか。

「女御様、わたくし、左府様がお見えのさいには、席を外していいでしょうか」

床に両手をついて頼んだ晶子に、女御は申し訳なさそうにうなずく。

「ええ、それがいいわね。本当にお父様には困ったものだわ。でも、きっとここには滅多にお見えにならないはずよ。弘徽殿や承香殿を優先なさるでしょうから」

……わたくしとしては、そのほうがありがたいけれど……。

父と顔を合わせたくはない。とはいえ、麗景殿の女房の立場としては、主がないがしろにされるというのは、当然いい気分ではなかった。

弘徽殿が優先されるのは、理屈ではわかる。だからといって、これから長い年月をここですごすことになるはずの女御に、さびしい思いはしてほしくない。

女御のここでの暮らしを少しでも充実させるために、何をするべきか。

「女御様――」

晶子は女御の前に膝を進め、声をひそめる。

「左府様のお出ましよりも、主上の麗景殿へのお渡りがございますほうが、女御様にとってはよろしゅうございますね」

「え？　それは……もちろん、そうだけれど」

女御は一瞬うれしそうにはにかみ、しかし、すぐに表情をくもらせた。

「主上も、弘徽殿を重んじておられるのではないかしら。お渡りはあまり期待しないほうがいいわ」

「ですが、お渡りがございましたら、女御様はいかがですか？　先だっては、だいぶ緊張されておいででしたが」

「それは、だって……仕方ないわ。初めてお目にかかったのだし……」

帝は女御が入内したその日に麗景殿を訪ねてきたが、そのときの女御は顔を真っ赤にして、受け答えもやっとの状態だった。だがそれがかえって初々しく見えたのか、帝の女御への態度には、終始やさしさがあった。

「でもね、あの、安心はしたのよ。主上はとても思いやりのあるお方だとわかって」

「主上がおやさしい方でよかったって、女御様、何度もおっしゃってましたものね」

小少将がちょっとからかうような口調で言って、女御の顔を覗きこむ。女御は頬を朱に染めて、そんな、とか、だって、とか、口の中でつぶやいていた。

乳姉妹の気安い言葉。そして、女御のこの反応。これは。

……主上のことはお好きなのだと思ってよさそうね。

さっきは恋なんて何も知らないと言っていたが、おそらく——自覚の有無はわからないにしても、帝を慕う気持ちは育ち始めているのだろう。

そうだとすれば、弘徽殿や承香殿に遠慮して、おとなしくしていなければならないのは、せつない話である。

女御が帝を好いているなら、帝にも、なるべくこちらの女御を気にかけてもらいたい。一番の寵愛を得られれば、もっといい。

「でしたら、次に主上のお渡りがございますときには、麗景殿はとても居心地がいいと思っていただけますよう、皆で頑張りましょう」

「え、居心地？　……どうすればいいの？」

「……どうすればいいんでしょう？」

女御と小少将は顔を見合わせ、次にそろって晶子を見た。

「えーと……ですから、それも皆で考えましょう」

「まぁ、三笠に名案があるのかと思ったのに」

「すみません、名案はないです……」

「えーっ、いま皆で考えましょうって言ったじゃないですか！　皆って、三笠さんも入ってますよね？　頼りにしてますからねっ？」

「考えます。考えますけど、それは小少将の君も……」

あわてる晶子に女御と小少将が声を立てて笑い、何ごとかと他の女房が覗きにくる。

華やかではないかもしれないし、他所より劣って見られてもいるのだろう。だが、この麗景殿こそ後宮で一番の場所だと、晶子には思えていた。

その夜、晶子は自分の局のすぐ近くにある妻戸の前で、手燭を手にしたまま、扉を開けようか開けまいか迷っていた。

ここを開けると、その先には梨壺に通じる渡殿がある。この妻戸、昼間は開け放されているが、夜はいつも閉じていた。

迷ったままどれくらい経っただろう。先ほどまで、そこかしこで女房仲間の起きている気配がしていたが、いまはもう静まりかえっていた。

「……」

行ったところで、会えるとは限らない。もう休んでいるかもしれないし、そもそも取り次いでくれる者さえいないかもしれない。

それでも、何となく、行けば会えるような予感がしていた。

迷っているのは、日が落ちてから訪ねたことをどう思われるか、不安だからだ。

……でも。

礼を言うのは早いほうがいい。晶子は意を決して、妻戸をそっと引く。

やっと通れるくらいの隙間を開けて、晶子は外に出た。ひやりとする夜気に首をすくめ、渡殿へ入る。月の出までにはまだだいぶ時間があり、手燭の小さな火を頼りに進む道のりは、昼間より遠く感じられた。

やがて梨壺の殿舎に着くと、西側の簀子を庭のある南の方向へと歩き、中に入れる妻戸を探す。たしか南西の角のところにあったはずだと、暗がりに目を凝らしていたそのとき、突然その探していた妻戸が開いた。

「っ……」

馴染みのある黒方の香りが、風に乗ってさっと通りすぎる。

外に出てきた背の高い人影が、足を止めた。

「えっ。……晶？」

会えるような気はしていたが、こんなに唐突とは思っておらず、晶子は目を瞬かせてしまう。

「晶、どうして……」

「あ……夜分、失礼いたします……」

「いや、構わない。大歓迎だ」

智平のほうにも幾らか動揺が見え、早口でそう言うと晶子の手を取った。

「入ってくれ。足元に気をつけて」

「あの、入ってよろしいのですか……？」

「あなたが来てくれて、駄目なわけがないだろう。——こっちだ」

薄暗い廂を、智平に手を引かれながら進み、やがて御簾の隙間から明かりが漏れているところで、その中に導かれる。

「普段、私が使っているところだ。今夜はもう女房たちは下がっているから、気がねなくくつろいでくれ」

智平はそれまで片方の手に持っていた何かを文机に置いて、畳を敷いた上に晶子を座らせた。晶子も手燭を邪魔にならないところに置き、視線を文机に向ける。

「……笛を、吹くおつもりでいらしたのですか」

智平が先ほどまで手にしていたのは、横笛だった。

自らも畳に腰を下ろし、智平は苦笑する。

「何となく、まだ休む気になれなくてね。月も出ていないうちに笛もないかと思ったが、まぁ、たまには酔狂なことでもしてみようかと、気まぐれだ」

「月はなくてもいいでしょうが、外はもう冷えますよ」

「そうだな。どのみちあなたに逢えたなら、笛なんかどうでもいい」

聞いてみたかった。もう少し遅く出てくればよかったかもしれない。

「昼間お目にかかりましたので、本当はお訪ねするつもりはなかったのですが――」

晶子は畳に手をつき、頭を下げる。

「先ほどは、ありがとうございました。それを、お伝えしたくて」

「……菓子を持たせたぐらいで、そこまでの礼には及ばないよ」

顔を上げると、智平は薄く笑みを浮かべ、だが、わずかに目線を外していた。

袷の単を二、三枚重ね着しただけのくつろいだ格好で、脇息にもたれている姿は、大和の庵で初めて向き合った夜を思い出させる。

「そのことではありません。……巽の衛士から、宮様の薫物が香りました」

「……何だ、気づいていたのか」

智平は眉を下げ、軽く肩をすくめた。

「ここの燈台に油を足しにきた女孺《にょじゅ》が、麗景殿に左府が来ているから、あちらに油を持っていくのはあとにすると、話していたのを聞いてね。左府は女房をしている娘に気づくのだろうかと、気になって。巽の衛士は、たまたま私についてきたのだが」

どこからか、こっそり様子を見ていたらしい。

「しかし気づくどころか、まさかただの美女と思って目をつけるとは……。腹が立ったが、私が出ていくとややこしいことになってしまうだろう」

それで巽の衛士をけしかけたのか。智平の眉間には、くっきり皺が刻まれている。

「……怒って、くださったのですね」

「あたりまえだ。何もかもひどい」

吐き捨てるようにそう言ってから、智平は天を仰いだ。

「……ああ、せっかくあなたが目の前にいるのだから、怒っている場合ではないな。それに、あなたのほうが不快な思いをしただろう」

「はい。で、巽の衛士が大暴れしてくれましたので、気が晴れました」

「役に立ったならよかった。左府に見つかると厄介だから、私はすぐ梨壺に引き返してしまってね。どの程度暴れてくれたのかは、最後まで見ていない」

「すごかったですよ。父に尻餅をつかせましたから。冠も脱げそうで……」

どれほど滑稽だったかを話して聞かせると、智平の眉間からようやく陰が消える。

「これに懲りて、当分は来ないと思います。ただ、宮様の猫だと知られてしまって」

「そんなことは構わない。文句があるなら私のところに来ればいいさ」

口の片端を引き上げ、智平は不敵に笑った。

「それよりも、次にまた左府がよからぬことをしそうなときには、私の名前を出してくれ。左府とて、さすがに兵部卿宮の恋人に手出しはできないだろうから」

「……あ」

そうか。娘だと明かさなくても、牽制する方法はあったのか。だが、それは。

「また、宮様に助けられてしまいますね……」

晶子が小さく言うと、智平の眉間に再び皺が寄る。

「他人行儀なことを言うな。何度も言うが、恋人だろう」

「わたくしは、恋人らしいことは特にできておりませんので……」

現状、昼間会って菓子を食べながら雑談するだけの関係だ。それを恋人らしいことだと言いきれるほど、図々しくはない。

「なるほど。一般的な恋人同士とはほど遠い自覚はあったのか」

「……ないと思われていたのですか？ わたくしは」

「あなたは恋に疎いから、もしかしたら、そんなこともあるかと」

「そこまでは――」

晶子は言い返そうとして、智平のその表情に、からかわれているのだと気づく。

「……宮様は、おやさしいのか、意地が悪いのか、よくわかりません」

唇を尖らせてにらむと、智平は声を立てて笑った。

「ははは……あなたは本当に可愛いな。そもそも脅されて恋人になったというのに、まだやさしいか性悪かの二者択一ができるとは。そこは性悪の一択だろうに」

「脅されましたけれど、助けられもしたから、迷っているのではないですか……！」

晶子は思わず袖で智平をぶつ真似をしたが、智平は避けもせず、さらに笑う。

「やさしいだけの恋人を望むなら、そうしてあげてもいいが、それはそれで、きっといずれは私を信用できなくなるぞ。しょせん取り繕った姿だからな」

「……」

その顔は笑っていると見えたが、目は、笑っていなかった。

晶子はふと、昼間高倉から聞いた話を思い出す。

室町の君。想い人と駆け落ちしたという、智平の妻だった女人。

智平は本当のところ、室町の君のことをどう思っているのだろう。

そんなことを考えながら智平の顔を見ていると、智平は脇息にもたれたまま、少し身を乗り出してきた。

「何か言いたそうだな？」

「言いたい……というより、お伺いしたいことが」

「構わないよ」

「……離縁されたという北の方は、宮様が大和へいらしていた日に、どこかへ行ってしまわれたのですか？」

智平は目を見張り――そして、くくっと喉を鳴らして笑った。

「ようやくあなたの耳に入ったか。思ったより遅かったが、そのぶんなかなか詳しいところまで聞いたのだな」

「……本当だったのですか」

「ああ。あのとき大和から都に戻ったら、室町はいなくなっていた」

高倉の話は正しかったのだ。晶子は思わず、両手を握りしめる。

「さぞ……驚かれたでしょう」

「いや、まったく」

「え？」

「私がわざわざ泊まりがけで遠方へ出かけたのは、室町が姿を消してくれるのを期待してのことだ」

「……」

すぐには意味がのみこめず、晶子は智平の顔をまじまじと見つめてしまった。智平は苦笑し、耳の後ろを掻いている。

「そもそもが亡き室町亜相の希望でまとまった縁談だ。前にも話しただろう。そこに私の意思はないし、相手の娘の意思もない。もっとも私の立場での結婚など、そんなものだ。それは互いに割り切っていたと思うのだが――」

脇息に片手で頬杖をつき、智平は少し目を伏せた。

「縁談が調う前、私は先坊の添い臥しに上がったあなたに心奪われた。しかしあんなことになって、あなたは出家した。……と、私は聞いた。あなたが出家してしまっては、もはやあきらめる以外の道は残されていなかった。だから縁談もおとなしく受けた。相手は五つ下だというから、すぐ結婚というわけでもなかったからね」

「……実際に御結婚されたのは、三年後だそうで……」

「ああ。――そして、その三年のあいだに、室町にも恋人ができていた」

「え……」

婚約中のことだったのか。だが、それならまだ縁談を解消できなくもない時期だ。

「室町の君は、想い人のことをお父君には話さなかったのでしょうか」

「話したらしい。いよいよ婚姻が目前となったころになって、好いた男がいるから、私との縁談は止めにして、その男と結婚したいと。しかし室町亜相は承知しなかった。相手の身分が気に食わなかったようだ」

「お相手、宮様も御存じなのですか？」

「室町には兄がいる。藤原豊仲《とよなか》といって、亡き室町亜相の嫡男だ。その豊仲の子供のころからの友人だそうだが、当時、民部丞《みんぶのじょう》を務めていた男の息子だ」

それは、たしかに身分が違いすぎる。親王にめあわせるつもりの娘が、六位程度の官職の者の息子と結婚したいと言って、父親が許すことはまずないはずだ。

「先に私に話してくれれば、喜んでこちらから縁談を断ったのだがね。あいにく室町亜相はこちらには何も言わず、大急ぎで民部丞を駿河守《するがのかみ》に任じて、息子を連れて赴任させてしまった。距離をとっているあいだに、娘の頭を冷やそうとしたわけだ」

智平は当時を思い出しているのか、冷ややかな笑みを浮かべて燈台の火を見つめていた。

「そういうことだから、結婚しても、初めから破綻していた。室町は遠方に追われた恋人を想って泣き暮らし、私は未練がましく出家した姫君の面影を忘れかねている。うまくいくはずがない」

「……」

晶子はええ、とも、まぁ、とも聞こえる曖昧な相槌《あいづち》を打ち、視線をさまよわせる。

智平が自分を垣間見《かいまみ》てから、その時点で五年近く経っているのではないか。本当にずっと忘れずにいたのか。

「室町亜相が、何故娘を私と結婚させたがったか、わかるか?」

「えっ?　それは……」

そういえば、どうしてだろう。智平の五つ下なら、いま十九歳だ。麗景殿の女御と同い年である。二の宮が急逝して四の宮が東宮となったあとなら、一の宮である智平と結婚させるより、代替わりで東宮が即位したあとに入内させるほうが、室町藤原家の復権を狙うなら上策に思えるが。

「祖父が……四条藤原家が、主上の後宮を独り占めしてしまったから、ですか？」

「それもないとは言えないが、実際には中御門藤原家からも女御が出ているぐらいだから、後々の入内を見越して娘を尚侍《ないしのかみ》にしておく程度のことは、できただろうな」

「では、何故……」

「その当時は、まだ私が東宮になる可能性が、なくはなかったからだ」

頬杖をやめて、智平は腕を組んだ。

「何しろ二の宮があれほど急に亡くなるとは、誰も思っていなかっただろう。それで次に東宮になった四の宮も、あるいは、と考える者たちもいたのだ。実際、四の宮は幼いころ、少し体が弱かった。いまは御壮健だがな」

「では、室町の亜相も……」

「出遅れた入内より、私が東宮になる可能性に賭けたのだろう」

恐ろしい話だ。晶子は思わず眉をひそめる。

「現実は、室町亜相は賭けに負け、それどころか自分が先にこの世を去った。何かの報いがあったのかもしれないな。悪だくみはするものじゃない」

私が言えた話ではないが――とつぶやき、智平は低く笑った。

「とにかく、結婚して早々に父親が亡くなると、室町は私と別れたいと口に出すようになった。私にも異存はなかったが、さすがに豊仲が許さなくてね。自分の友人とはいえ、まぁ、親王と別れさせて受領の息子に、というわけにもいかないだろう」

「……宮様のお立場もございましょう」

「ああ、いま別れたら私が受領の息子に負けたと笑いものになるだろうと、乳兄弟がそのころ嘆いていたな。私は別に気にしないが」

智平は片膝を立てて座り直し、また脇息にもたれかかる。

「室町は恋人のことを堂々と嘆いていたが、私はあなたへの未練を、表立って口にはしなかった。乳兄弟に愚痴を言うぐらいはしたがな。だから周りには、私は誠実な夫で、室町はそんな誠実な夫を軽んじる悪妻と見られていたのだろう。兄や女房たちにいさめられ、周りに自分がどう見られているかを自覚して、室町はだんだんおとなしくなっていったらしい」

「……宮様は、あまりお家にはお帰りにならなかったと聞きましたが」

「近衛大路の家か？　それはまぁ、居心地は悪い。少々おとなしくはなっても室町は相変わらずだし、私も室町と打ち解けるつもりもなかった。家に寄りつかなければ、あの夫婦は不仲だと、誰の目にもわかるだろう？」

ちょっと肩をすくめ、智平は苦笑した。

「我ながら大人げなかったよ。……しかも、不仲な夫婦のままでいるほうが、都合がいいとさえ思っていた」

「えっ？」

「あなたも言っていたとおり、正式な夫婦だ。どれほど不仲でもね。これで離縁してしまったら、私は新しい縁談を持ちこまれかねない。それでまた結婚して、次の相手が私と仲のいい夫婦になりたいと望んだら、今度は私が不実な夫だ。何しろ長年忘れかねている姫君がいるのだから」

晶子は息をのみ、呆然と智平を見つめる。智平はいつもの、考えの読めない微かな笑みを浮かべて、そんな晶子を眺めていた。

「……お戯れ、でしょう？」

「どうしてそう思う？」

「だって、たった一度見ただけで……それも何年も経って……」

「まぁ、さすがに自分でも執着がすぎると思ったことはある。初恋とは、かくも引きずるものかと」

自嘲気味に笑いながらそう言って、智平は片手で額を押さえる。

「正直に話すが、私はあなたのこと以外でも、室町に対して誠実な夫だったことなどない。美人の噂を聞けば歌を贈ったし、宮中の女房に恋を語ったこともある。それなりに通った相手もあった。だが、半年とは続かない。いつもどこかで、これは違うという思いが拭えなかった。……あるとき、結局どれも偽物の恋だと気づいた」

額を押さえる手に隠れて、智平の目元がよく見えない。

「自分は一生この未練を持ち続けるのかと思うと、自分自身に嫌けがさして、苦しくて、そのうち疲れてきた。室町もこんなふうに引き裂かれた恋人を想って泣いていたのかと、同情するようになった。恋を失った者同士、何とか折り合いをつけてやっていけるのではないかと、歩み寄ろうとしたこともあったが──」

智平が額から手を外す。現れた目には、まだ自嘲の色があった。

「そもそも室町と私は、決定的な違いがあった。歩み寄れるはずがない。……室町の恋人は、時が経てば帰ってくる」

「あ……」

そうだ。国司《こくし》の任期はほぼ四年。待っていれば、想い人は都に戻ってくるのだ。

だが智平の「想い人」は、どれほど待っても「帰って」くることはない。出家して、俗世を捨ててしまったのだから。──少なくとも、智平はそう思っていたはずだ。

「四年経って、室町の恋人が無事に駿河国から帰ってきた。邪魔だてする父親はもういない。若い兄は、父ほどに強くはない。室町は今度こそ、己の恋にまっしぐらだ」

智平は片手をひらめかせ、まっすぐ進む手振りをした。

「いや、そう簡単にはいかない。父ほど強くなくとも、豊仲は室町藤原家の家長だ。妹に軽率な真似をしないよう釘《くぎ》を刺し、駿河帰りの男も近づけないよう頑張っていたよ。私も、室町が確かに不貞をしているのでなければ、正式に離縁を申し渡せない」

「……それで、離縁を」

立てた片膝を両手で抱え、智平はため息をつく。

「室町の恋人が都へ戻ったのは、実は去年だ。豊仲は一年以上、妹の恋を阻んでいたわけだが、私のほうが、もうさっさと別れてしまいたくてね。室町が恋人と密会できるように、豊仲に隙を作らせて」

「まぁ……」

「なかなか大変だったが、思惑どおり、室町は恋人と復縁してくれたよ」

よかったと、言っていいのかどうかわからない。

妹の邪魔をした兄とて、きっと智平が世間の噂にさらされないよう、せいいっぱい気を遣っていたのだろう。当の智平にはありがた迷惑だったとしても。

「室町はいい。恋人と仲よく暮らせばいい。――でも私は？　初恋の姫君の面影を、いつまで追い続ければいいのか？　私も恋しい姫君に逢うべきではないか？　そう、たとえ尼の姿になっていたとしても」

「……え」

まさか。

晶子はあの日のことを思い出す。

雨が降っていた。強い雨が。雨宿りを求められて、庵に泊めることになった。たまたま通りかかっただけの、一夜の客のはず——

「……左府の大君がどこにいるのか、知っている者はいなかった」

とても低い声で、智平がつぶやく。

「四条藤原家に探りを入れても、杳《よう》として知れない。それでも時間をかけて、伝手を頼って、やっとあなたの乳母が、ときどき大和国に使いを出していると知った」

「……」

「使いの者のあとをつけさせ、庵に尼僧と若い女人が暮らしているとわかったのは、今年の夏の終わりごろだ」

目を逸らせなかった。

語る智平の鷹のように鋭い眼差しが、ずっとこちらに向けられている。

「尼姿のあなたを見れば、今度こそあきらめがつくだろうかと思った。だが、探りに行かせた者は、若い女人は尼ではないかもしれないと報告してきた。……どういうことだ？」

智平の目が、すっと細められた。晶子は無意識に、胸元を押さえる。自分の鼓動が頭の中で、うるさいほど響いていた。

「自分の目で確かめるしかない。そのためには、私が大和へ行くしかない。そのころちょうど、室町が恋人と逃げようと画策していた。しかし近衛大路の家には、豊仲の命を受けて、室町が逃げ出さないように見張る家人どもがいた。文のやり取りぐらいなら、女房の協力でできるだろうが、本人が家の外に出るのは無理だ」

立てていた片膝を崩し、智平は淡々と続ける。

「ならば、その家人どもを私が遠ざけてやればいい。折よく私には、大和まで出かけなければならない大事な用ができた。……室町の見張り役を引き連れて、私は鷹狩に出かけた。豊仲に知らせることができないよう、わざわざ豊仲が父母の供養のために参籠《さんろう》する日を選んでな」

あの日の来訪は、偶然などではなかった。

智平によって、入念に準備された――

「……大雨になったことだけは、本当に偶然だった」

いつのまにか、智平の眼差しは穏やかなものになっていた。

「天恵だと言っただろう。本当は、わざと日暮れ間近に訪ねて泊めてもらうつもりでいたが、それより早くに雨になった。おかげで尼君たちともゆっくり話す時間がとれて、間違いなくあなたがあの庵にいることと、あなたが実は出家していなかったことがわかった。……あのときは、これは自分に都合のいい夢かと思ったよ」

初め、顔を見せなかった。衣だけ渡してすぐに下がった。

夜になって勝手に部屋に入ってきて、強引に几帳の内に踏みこんできて。

軽んじられているのだと思っていた。

「……わたくしは、一夜で捨てられる恋をするために、髪を伸ばしてきたわけではありません――だったか？」

そう、言った。たしかに。

「あいにく私のほうも、たった一夜で終わらせるために、あなたに逢いにいったわけではないよ。……晶」

さっき、穏やかに見えたはずの目。あれは見間違いだったのか。

「……どうして」

からからの喉から、晶子はどうにか言葉をしぼり出す。

「あのときは、そんなお話、されなかっ……」

「私にも、見栄《みえ》というものがあってね」

つっと顎を上げ、智平は急に子供っぽい表情をしてみせた。

「余裕のある男だと見せたくて、あれでも必死に自分を抑えた。しかし、都に帰って
落ち着いてから気づいたよ。あなたがあんなに素直で世慣れていないなら、むしろ、

あなたを十年忘れられず恋焦がれてここまで来たのだと、正直に打ち明けたほうが、あなたの気を引けただろうと」

「……」

そうかもしれない。

少なくとも、あのときの智平は、恋に慣れた都人にしか見えなかった。十年忘れていなかったという言葉が、胡散臭く聞こえる程度には。

「それに、あなたも言っていたように、私はまだ室町と別れていなかった。あの夜、お膳立てしてやったとおり恋人とどこかへ逃げていてくれればいいが、私が帰っても近衛大路の家にいたら、私のくわだてが台なしだ。これればかりは、帰ってみなければわからない」

「……いらっしゃらなかったのですね、北の方は……」

「ひと足先に参籠から戻っていた豊仲が、頭を抱えて何やらわめき散らしていたよ。私はその場で、離縁に承知してくれと頼んだ。豊仲は私が室町を追い出してどこかに隠したと疑っていたが、さすがに行き先までは知らない。まぁ、恋人と元気に暮らしているだろう」

両手を広げ、智平はにっこりと笑った。

「離縁の経緯は、これで全部だ。他に何か尋ねたいことは？」

訊きたいことが増えてしまったが、答えを聞くのも、正直、怖い。

だが、知らないままでいるのもすっきりしないではないか。

「宮様が都へ帰られたあと、命婦の君という方が、庵を訪ねてこられまして……」

「ああ」

智平が、満面の笑みでうなずく。

「その命婦の君とやらは、私の乳兄弟の妻の叔母にも、同じ相談をしたそうだ。近く入内する姫君の女房を探していると。だから私は、後宮で立派に働ける姫君が大和国にいると命婦の君に伝わるように、乳兄弟に命じた」

「……」

やはり、そうか。間がよすぎると思った。

「もっとも、命婦の君がもともと大尼君と親しかったのは、偶然だが」

「おかしいと思ったのです。大尼君は、わたくしのことはいっさい、他所の方に話さずにいてくださっていましたから……」

文で頼めばすむような用事を、わざわざ大和の庵まで訪ねてきたのは、そこに女房に適した娘がいるらしいと、すでに命婦の君の耳に入っていたからだったのだ。

「ですが、わたくしは命婦の君から、そこまで強く説得されたわけではありません」

「私のほうとて、是が非でも連れてきてくれと頼んではいないよ。本音ではそうしてほしかったが……これは、私の賭けだった」

「……賭けなら、負けることもあります」

「そうだ。負けることも考えた」

それは自分が都には戻らず、あのまま庵で暮らし続け、遠からず今度こそ髪を下ろすことだろう。

実際には、智平は賭けに勝った。それが中の尼君の思いを託され、かつ父の身勝手さに腹を立てた結果だとしても、女房勤めをすると決めたのは、自分自身だ。

晶子はうつむいて、静かに息を吸う。

智平が都へ帰ってから、ずっと心が落ち着かなかった。思えばあのとき、もう智平は賭けに勝っていたのかもしれない。

「そんな、賭けなんてなさらずとも……わたくしは、遠くないうちに、都に戻ることになっておりました。尼君たちと一緒に……」

「六条に住まいを移したのだったな。だが、あなたのことだ。女房勤めを決めていなければ、都に戻るにあたって出家しておこうなどと、考えたのではないか？」

「……それは」

考えたかもしれない。きちんと髪を下ろしてから帰ろうと。

視線を揺らす晶子に、智平が手を伸ばしてくる。

肩にかかった髪をひと房、指にからめ——そっと梳いた。

「十年前、姿は一度だけ見たが……声を聞いたのは、あの日が初めてだった」

ひと筋の髪が、晶子と智平のあいだに、さらさらと流れる。

「澄んだ、やさしげな声だと思った。緊張しているのが、余計に愛らしくて……」

「……わたくしは、お目にかかるつもりはありませんでした」

「そうだろうな。少しでも早く下がりたがっていると、見ていればわかったよ。慎《つつ》ましい姫君だとしか思わなかったが」

智平は低く笑って、晶子の髪の先を片頬に押しあてた。

「声を聞いて、衣を差し出した指先を見て……あの夜見たあなたが幻ではなかったとわかって、嬉《うれ》しかった。だが、やはり顔を見たかった。どうしても」

「だからといって、いきなり部屋に入ってこられては……」

「悪かった。あんなことは、あのときだけだ。あれからは、私もおとなしいだろう？　あなたの許しなく局を訪ねてもいない」

勝手に局の場所を決めておきながら、いまだに忍んでこないのは、そういうことだったのか。一応、こちらの気持ちを尊重してくれているらしい。

「だが、私の想いをすべて聞いたからには、そろそろ局に入れてもらえるかな」

「……夜に、ですよね？」

「もちろん。恋人だからね」

そう言いながら、智平は髪より他には触れてこない。相変わらず薄く笑うだけ。

「……宮様とお話しするのは、楽しいです」

「そうか」

「あとは……どうすれば、恋人らしいのか、わたくしには……」

物語には何と書いてあったか、思い出せない。

晶子が言いよどむと、衣擦れの音がして、智平が再び手を伸ばしてきた。

髪が、その手からこぼれ落ちる。

指先が、頬に触れた。

黒方の薫物の香り。

頬を包む手に、ほんの少し、顔を上向かせられる。

腰を浮かせて身を乗り出した智平の微笑が、すぐ目の前まで近づいてきた。

「……目を閉じていい。こういうときは」

言われるまま瞼《まぶた》を伏せると、唇にやわらかなものが押しあてられる。

今度はいつ目を開ければいいのかわからず、そのままじっとしていると、もう一度

唇に、次に頬に、目元に、また唇に――ついばむように、触れられた。

晶、とささやかれ、耳元に。また頬に、唇に。

同時に頭や首筋、耳裏を撫でられ、くすぐったいのに、心地よくもある。

幾度唇に触れられたかわからなくなったころ、こめかみのあたりに深い吐息を感じて、晶子はそっと目を開けた。

いつのまにか、智平の腕に包まれるように、抱きしめられている。

そっと顔を上げると、これまで見た中で一番――やさしさとか、慈しみとか、そういう、何かあたたかなものを含んだ瞳が、自分を見下ろしていた。

「……よろしいのですか？」

「ん？」

「わたくしは、目をつぶっていただけなのですが……」

智平が心底楽しそうな様子で、喉を鳴らして笑う。

「そうだ、あなたは初心なのだったな。……いまはまだ、それでいい。これに慣れてくれたら、次はもっと恋人らしいことに付き合ってもらおう」

「もっと……？」

「さしあたって、そうだな……もう一度、目を閉じてくれないか」

言いながら、智平はもう唇を寄せてきた。

目を閉じなくても、今度はどんなふうに触れられるかわかる。

それでも晶子は素直に目をつぶり、口づけられるのを待った。

第三章

心のうらぞまさしかりける

短い悲鳴とともに、鼠が、と叫ぶ声が聞こえた。次いで、三笠三笠、と呼ぶ声も。

麗景殿の女御に琴の稽古をしていた晶子は、悲鳴のほうを一度振り返ってから、女御に向き直る。

「ちょっと、追い払ってまいります」

「お願いね」

苦笑して手を振る女御に一礼し、晶子は騒ぐ女房たちのもとへ行った。

「――鼠ですか？」

「あ、三笠……」

女房たちがおろおろと指さす先をよく見ると、大きな鼠が柱の陰で何かをかじっている。それを確かめて、晶子は近くにあった円座を拾い上げた。

「一匹だけですね。皆さん、下がっていてください。――それ！」

晶子が円座で思いきり床を叩くと、その音と勢いに追い立てられた鼠が、一目散に廂を横切り、外へ走り出ていく。足元を走られた能登が、悲鳴を上げて飛び退《の》いた。

「い、行った？　出ていった？」

「はい。追い出しましたよ」

「あぁ……よかったぁ……。さすが、三笠の君」

「ありがとうね、三笠。いつも悪いけど」

遠巻きに様子をうかがっていた女房たちが、安堵《あんど》の表情で口々に晶子に礼を言う。

「三笠って普段は本当に上品なのに、鼠は平気で追い出せるって、何か、不思議」

「そうそう。全然怖がらないのね」

宮中は食べ物が豊富なのか、麗景殿で見かける鼠は大きいものばかりで、遭遇するたび女房たちは怖がって大騒ぎするのだが、晶子はどんな鼠が出ても驚かないため、いつのまにか追い出す役目を担うようになっていた。

たまに巽の衛士が鼠を追い立ててくれるが、毎日来てくれるわけでもない。

「わたくしも鼠は好きではありませんが……田舎育ちなもので、慣れているのです」

「その、あなたが田舎育ちっていうところが、一番不思議だけどね……」

能登の言葉に、他の女房たちも大きくうなずく。

晶子は苦笑して、あたりを見まわした。

「最近鼠がよく出ますから、困りますね。わたくしが近くにいなければ、他にも鼠が平気な子が……あ、いたわ。小稲ちゃん！」

晶子は御簾の向こうを通りかかった女童を呼び止め、手招きする。呼ばれた女童は御簾をくぐって中に入ってきた。

大和の庵の近所に住んでいた郡司の娘、小稲である。尼君たちや晶子と一緒に上京し、六条の家で行儀見習いをしていたが、麗景殿がまだ人手不足であることを晶子が尼君たちに文で伝えると、そろそろどこかに勤めさせてもいいと思っていたと、小稲を寄越してくれたのだ。

麗景殿に来てまだ五日目だが、何とか慣れようと頑張っている。

「はい、何ですか？　子っ……三笠さん」

小稲は口をぱくりと閉じ、名を呼び直した。目下、一番頑張ってもらっているところは、うっかり「子の姫様」と呼びそうになるのを、「三笠さん」にすることである。

子の姫は、四条藤原家にいたころからの愛称だ。同じ家で育った実の妹も、卯の日生まれということで卯の姫と呼ばれていた。弘徽殿で妹に仕える女房の中には、この子の姫という呼び名を憶えている者がいるかもしれないため、ここで呼ばれては困るのだ。だから智平にも、呼び名を変えてもらっている。

「小稲ちゃん、鼠は大丈夫？　苦手？」

「鼠は触れませんけど、棒を使って追い出したりとかは、できます」

「……だそうですので、わたくしが不在のときは、小稲ちゃんに頼んでください」

「あら、小稲も平気なの？　助かるわぁ。それじゃ、棒？　用意しておかないとね」

「え、ここって、そんなにしょっちゅう鼠が上がってくるんですか……？」

困惑顔の小稲に、女房たちがあれこれ鼠の話をする中、晶子は女御のもとへ戻った。

「お待たせいたしました。鼠は追い払いましたので」

「御苦労様。でも、いくら三笠が怖がらなくても、鼠は危ないわね。猫がいるといいのだけれど……」

「猫……あ」

そういえば、智平が以前に、猫を譲ってもらえる当てがあると言っていた。あれはどうなったのか。

「女御様。兵部卿宮様が、猫を譲ってくださる方を御存じだそうです。もう少しすれば、猫が飼えるかもしれません」

「本当？　それはよかったわ。これ以上鼠が増えたら困る……」

「――女御様！」

少し慌てた様子の小少将が、几帳の脇から顔を出す。

「あの、いま先触れが……。これから主上がこちらにお渡りになるそうです」

「えっ？」

今度は女御が、慌てだしてしまった。

「あ、ど、どうしましょう？　あの、ねぇ」

「琴を片付けます。それと畳をこちらにも……すみません、誰か来てください」

顔を真っ赤にしておろおろする女御を小少将に任せ、晶子は近くにいた女房たちを集めて手早く室礼を調え直す。

夜、女御が清涼殿に召し出されることは何度かあったが、昼間に帝が麗景殿を訪ねてくるのは、入内した日以来だ。女房たちは急いで身支度し、晶子も小稲に扇を持ってきてもらう。

ほどなく、竹籠を両腕に抱えた上の女房を二人従えて、帝が南廊を渡って麗景殿に入ってきた。

「急に訪ねて悪かったね。そうかしこまらずに、楽にしてくれていいよ。私もくつろがせてもらうから」

帝は女御の前に敷かれた畳に腰を下ろし、まだ頬を染めてうつむいている女御に、にこやかに話しかける。智平に似た、しかし智平よりは温厚さが勝る面差しだ。

「お、お渡りがあると思わず、散らかしておりまして、お見苦しく……」

「え？　いや、きれいにしているじゃないか。どこの殿舎より整っているよ」

帝は明るく笑い、背後に控えていた上の女房たちを呼んだ。

「今日は、萩《はぎ》の姫に贈り物を届けにきたんだ。――二人とも、こっちへ」

萩の姫というのは麗景殿の女御の幼いころの呼び名だと、仕え始めたころに聞いたことがある。萩の咲くころに生まれたので、家でそう呼ばれていたと。

帝が萩の姫と呼んだということは、女御が帝と二人のときに、その呼び名を伝える機会があり、帝が女御をそう呼ぶことにしたということだろう。召し出された回数は決して多くなくとも、それくらいの親密さはあるようだ。……もっとも、帝がすべての女御を愛称で呼んでいる可能性も、なくはないのだが。

「兵部卿宮から、麗景殿には猫がいなくて、鼠を追い出すのに苦労していると聞いてね。ちょうど私の乳母の実家で、去年猫が五匹も生まれたものだから——」

上の女房がそれぞれ竹籠を床に下ろすと、片方からは白と縞柄《しまがら》の、もう片方からは全身が白い猫が出てきた。どちらも首に紐《ひも》がついており、逃げないようにするためか、紐の片端は籠に結びつけられている。

「まぁ、可愛らしい……！」

女御が思わず声を上げ、周りに控えていた女房たちも、わっと笑顔になる。

「どちらも雌だ。なるべくおとなしいのを選んでもらったが、鼠はちゃんと捕まえられるというから、安心してくれ」

「あ、ありがとうございます……。主上に猫をいただけるなんて……」

感激している女御と、まだ見知らぬ場所を警戒して周囲をうかがっている猫たちを交互に見ながら、晶子も内心、驚いていた。まさか智平が言った「猫を譲ってもらえる当て」が、帝だったとは。

「いや、もらってくれてよかった。乳母の実家もありがたがっていたよ。実は今年も四匹生まれてしまったそうでね。それを兵部卿宮に話したことがあったんだが――」

帝は控えている女房たちを見まわしつつ、女御のほうへ少し身を傾ける。

「……ここに兵部卿宮の恋人がいるんだって？　可愛い恋人の頼みだから、ぜひ鼠をよく捕れる、賢い猫を融通してほしい、と言われてね」

「まぁ……」

女御が振り返り、その視線を追って、帝の目もこちらに向けられてしまった。

「おまえが兵部卿宮の恋人なのかな？」

「……三笠と申します」

こうなっては、名乗るしかない。晶子は扇で口元を隠しつつ、頭を下げる。

「そうか。これからも兵部卿宮のことをよろしく頼むよ。近ごろは兵部卿宮がとても楽しそうで、私も嬉しいんだ」

そっと目を上げると、帝はその言葉に偽りないことがよくわかる笑顔をしていた。

「主上は、兵部卿宮様と仲がよろしいのですね」

帝の横顔をまぶしそうに見つめていた女御がそう言うと、帝はすぐに女御のほうへ向き直り、さらに体を傾ける。

「そうなんだ。兄弟の中で一番親しいのが、兵部卿宮でね」

「お小さいときからなのですか？」

「ああ、子供のころから――」

帝はそこで、再び晶子に目を向け、それから少しうつむき、また女御を見た。

「私には母親を同じくする兄がいたが……そちらの兄は、何というか、怖い人でね。私はよく陰で泣かされたものだが、いつも兵部卿宮がかばってくれた。だから兵部卿宮こそが、かけがえのない兄だよ」

「主上の、お母君の同じ兄宮様といいますと……」

女御がわずかに首を傾げ、思い出そうとしているような仕種《しぐさ》をする。

帝の同腹の兄。……それは。

「二の宮だよ。私の前の東宮だったが、東宮のまま急な病で亡くなった。もう十年も前のことだから、萩の姫には馴染みがないかな」

晶子は扇の陰で、きつく目を閉じた。

都に戻って日々忙しくしている間に、夢に見ることもなくなっていたあの夜の光景が、瞼の裏によみがえる。

「……そうか、二の宮がそのまま即位していたら、萩の姫は、二の宮の後宮に入っていたかもしれなかったのか」

ぽつりと、帝がつぶやいた。

「それは嫌だな。……姫が、私のところへ来てくれてよかった」

「え……」

帝の背後に控えていた上の女房二人が腰を上げ、静かにその場から下がる。晶子もはっとして、他の女房を振り返り小声で告げた。

「下がりましょう。――松尾の君、八条の君、猫をあちらへ」

「あ、は、はい……」

女御の実家でよく猫の面倒を見ていた、特に猫好きの女房二人に猫たちを頼んで、晶子はその場から離れるよう女房たちを急《せ》き立てる。そのあいだに侍従と小少将が、帝と女御を囲うように手早く几帳を立て直した。

「え、何、急に？」

「お二人だけにしてさしあげるの。せっかくいい雰囲気だから」

「あ、あー……そういう……」

下がった意味がわからなかったらしい能登が、晶子の説明にようやくうなずく。

「わたくしたちはこちらにいましょう。猫の面倒もみないと。……あ」

帝についてきた上の女房二人が、麗景殿の女房が集まっていたところに歩いてきたのを見つけて、晶子は軽く頭を下げた。

「私どもも、こちらで待たせてもらえますか」

「どうぞ、お掛けください。——小稲ちゃん、円座を二つ持ってきて」

　上の女房の一人は四十歳ほど、もう一人は晶子より少し年上くらいと見え、年下のほうの女房は、猫のほうを気にしている。晶子は年下のほうの女房に声をかけた。

「すみません、わたくしどもの女房に、猫のお世話を教えていただけますか。食べるものの好みですとか、気をつけたほうがよいこととか……」

「ええ、いいですよ。——あ、白いのは、尻尾に触ると怒りますから……」

　松尾が抱いていた白猫が暴れたのを見て、上の女房の一人が慌てて駆け寄る。他の女房たちも猫を囲んで、しばらくつないでおくか、名前はあるのかなど、にぎやかにしていた。

「三笠の君……でしたか」

　振り向くと、年上のほうの上の女房が晶子を見上げている。晶子はその女房の前に腰を下ろし、もう一度頭を下げた。

「三笠でございます。このたびはわざわざのお運び、ありがとうございます」

「私は三位局《きんみのつぼね》と申します。先の主上のときに前の麗景殿の女御様にお仕えし、今上の主上がお生まれになられてずっとお世話させていただきましたもので、御即位の後もそのままお仕えしております」

それほど長く帝に付き従っていながら、三位局と名乗った女房にはどこも偉ぶったところはなく、温和な面差しを晶子に向けている。

「前の麗景殿の女御様に……ということは、以前はこちらにお住まいで……」

「ええ。ですが、主が違えば雰囲気もまるで変わるものですね」

微笑んであたりを見まわすその表情から察するに、雰囲気の違いが気に入らないというわけではないようだ。他の女房たちは猫のほうにかかりきりのため、晶子はそのまま三位局の話し相手を続けることにする。

「以前の麗景殿は、どのような御様子でしたか？」

「前の麗景殿の女御様は華やかなものをお好みでいらしたので、万事、派手になりがちでしたね。人も多くていつも騒がしくて、よく他の殿舎の女房とも揉《も》めておりましたよ。いま思えば、私も若かったからあの中にいられたようなもので」

「……まぁ」

前の麗景殿の女御といえば、父、是望の妹――晶子には叔母にあたるが、顔を合わせた記憶はない。晶子が生まれたときには、すでに入内していたはずだ。

帝の生母だが、同時に亡き東宮の母でもある。あの添い臥しが無事に終わっていれば、翌日にも対面の場が設けられていたはずだ。だが結局、会わずに家に戻された。

「あの……三位局様」

晶子は少し声を落とし、三位局の面持ちをうかがった。

「先ほど主上が、亡き兄宮様のことを、怖い人……とおっしゃられましたが」

「ああ、ええ。……先坊様ね」

三位局の表情が陰る。

「どういう方でいらしたのでしょう。その、怖いとは……」

「……もうおいでにならない方のことですからね」

言いたくない、あるいは言うべきでない、といった様子だった。亡き人を懐かしむような口調ではない。いったい何故。

「あの、実は、わたくし……わたくしの知り合いが、以前、左府様の大君にお仕えしていたのです」

「それは、東宮妃……先坊様の妃になるはずだった姫君？」

三位局がはっとした顔で、身を乗り出してくる。

「はい。その、知り合いによると、大君は、東宮のお人柄をたいそう気にされていらしたそうでして……」

「……では、少しは姫君のお耳にも入っていたのかしらね」

三位局がつぶやいたが、実際には亡き東宮の人柄など、晶子の耳にいっさい入ってこなかった。

いま考えると、それも解せないのだ。晶子が東宮妃になることに不安を抱いていたことは、両親も、周りの女房たちも知っていたはずだ。しかし皆、あなたなら大丈夫としか言わなかった。

不安をやわらげるつもりがあるなら、安心できるようなことを話すものではないだろうか。たとえば東宮の人柄だ。東宮はこういう性質なのであなたと気が合うはず、だから大丈夫——とか、ただ大丈夫と言うのではなく、大丈夫と言える根拠を示してほしかったのだ。

それなのに、誰も話してはくれなかった。相手の東宮のことを、何も。

「先坊様には……あまりよろしくない癖があったのですよ」

「癖？」

「目下の者が泣いて嫌がるのを、喜ぶような癖……とでも言いましょうか」

「……」

すっ、と背筋が寒くなった。

「もとより癇《かん》の強いお子ではあったのです。怒って手当たり次第に物を投げたりなさるのですが、何に怒ったのか周りの者にはよくわからず……。そのうち妹宮様がお生まれになると、まだ歩きもせぬ妹宮様を、叩いて泣かせるようになってしまって」

沈鬱な表情で三位局は首をめぐらせ、北隣りの殿舎のほうを見る。

「妹宮様を泣かせているときは御機嫌でしたが、そのようなことをさせておくわけにいきませんので。あちらの宣耀殿《せんようでん》に間借りして、妹宮様はそちらでお育てすることにしました。ですが、そのうち主上……四の宮様がお生まれになって、先坊様は、また同じように弟宮様をいじめて遊ぶようになってしまわれましてね」

晶子は渇いた喉に唾を飲みこみ、どうにか声を出す。

「では……主上も、離してお育てに……」

「今度は先坊様だけ宣耀殿にお移しして、妹宮様と四の宮様をこちらでお育てしました。それでも御成長になるにつれ、御自分で方々に出歩かれるようになり、いつのまにかこちらへ入りこんで四の宮様をいじめなさったり、女童を叩いたり……」

知っていたはずだ。少なくとも、父は。おそらく祖父も。

何も聞いていなかったはずはない。

「ただ、十歳をすぎたころから、落ち着いてはこられたのですよ。怒って物を壊すことも減って、女童を叩くこともしなくなって。……落ち着いたように、見えていたのですけれどね」

「……何か、あったのですか？」

晶子の問いかけに、三位局はうつむいてため息をつく。

「やり方を変えていただけだったのですよ。誰にでも、言われたくないことはあるでしょう？　その言われたくないことを、嬉々《きき》として言うのです。本人に。人を落ちこませて楽しむのですよ」

　体を傷つけるのではなく、心を傷つけるようになった、ということだ。

　帝が、亡き東宮を怖い人と評したのは、そういうことか。

「……四の宮様はお小さいころ、お体があまり丈夫ではございませんでした。そんな弟宮様に、おまえは八つまでは生きられまい、などとおっしゃるのですよ。それも、お熱で寝ついておいでのときなどに。相手を不安にさせるのが、何よりお好きでいらしたのです。私どももずいぶんおいさめしましたが、どこ吹く風で……」

　まるで呪詛《じゅそ》だ。聞いているだけで胸苦しくなり、晶子は思わず喉元を押さえる。

「ですが兵部卿宮様……一の宮様は、四の宮様をよくかばってくださいましたよ」

　三位局は表情をやわらげ、青ざめる晶子をはげますように、声を明るくした。

「兵部卿宮様のお母君は前の藤壺の女御様ですが、おやさしい方でしてね。こちらの噂を聞いて、四の宮様が気兼ねなく遊べるようにと、藤壺に招いてくださって……。一の宮様と先坊様は同い年ですが、一の宮様のほうがずっとお背が高くて、しっかりしていらしたので、先坊様も御無体はできなかったのですよ」

「そう……なのですね……」

　あの快活さで、智平は帝を守っていたのだ。そして帝が智平に親しんでいるのは、兄弟の中で容貌が特に似ているからというだけではない。幼いときに実兄の理不尽な仕打ちから守ってくれた頼りになる兄として、慕っているのだろう。

「先ほど主上がこちらの女御様に、先坊様の後宮に入っていたかもしれない、それは嫌だと、おっしゃっていらしたでしょう」

「あ、はい。そのように」

「主上の本心だと思いますよ。先坊様がいまも御存命で、左府様、右府様の姫君たちが入内していらしたら……『萩の姫』様も入内しておられたら、きっと、皆様、心をすり減らして……おつらい思いをされたでしょうから」

「……」

晶子はかつて見た夢を思い出していた。大きな大きな手のひらに乗せられ、揺らされて落ちそうになる夢。どれほど下ろしてと懇願しても、揺らされるばかりだった。

あれはやはり、御仏の手などではなかったのだ。自らの意思で自らのことを決めることを許されない小娘が、手のひらで転がされるがごとく家の思惑に翻弄され、恐ろしい相手に嫁がされ、また翻弄されて真っ逆さまに落ちるような恐怖を味わう――

……でも、わたくしは免れた。

自分だけではない。弘徽殿の卯の姫、承香殿、右大臣の妹姫である藤壺の、そして麗景殿の、すべての女御が免れたということだ。東宮があのまま存命であれば、現在の女御たちのほとんどが、その後宮に入内していただろうから。

　晶子は小さく息をつき、三位局に目を向けた。

「うちの女御様が入内したのが、主上の御世《みよ》で、本当によかったです」

「その点では、主上も御安堵なさっておいでてでしょうね。こちらの女御様のことは、ことのほか気にかけておいでですから」

「……そうなのですか？」

　入内からまだ二十日ほどしか経っていないにせよ、気にかけてもらっているという実感はなかったが。

「本当は、お召しもお渡りも、もう少しあってもよいのですが……清涼殿と麗景殿の行き来のあいだには、どうしても、弘徽殿と承香殿がありますからね」

　苦笑する三位局に、晶子は大きくうなずいてしまった。

　たしかにそうなのだ。こちらの女御が清涼殿に呼ばれると、そこまでの道のりで、まず承香殿の女房たちににらまれながら、その前を通過しなくてはならない。

　しかし承香殿はまだいい。にらんでくるだけだ。そのまま進んでしばらくすると、清涼殿に入る廊があるので、その角を曲がろうとするが、どうやらそのあたりは弘徽殿の南端から見渡せるらしく、気づいた弘徽殿の女房たちが、嫌みの言葉を投げかけてくるのだ。ときにはわざわざ殿舎を下り、通路に出てきてまで罵る女房もいる。

それもこれも、女御の母親の身分の違いゆえだ。

「主上もお手空きの折に、こちらにお渡りになるつもりでお出かけになることもあるのですよ。ですが、弘徽殿の者に見つかると、何やかやと引き止められてしまいまして……。今日も庚申《こうしん》でなければ、すんなりとは通れなかったでしょう」

「庚申？　庚申の日ですと、どうして……」

「ああ、ほら、庚申の日は三尸《さんし》の虫《むし》が」

「……あ、そうでしたね」

人の体内には三尸という虫がいて、それが六十日に一度めぐってくる庚申の日に、宿主が眠るとその体から抜け出して天に上り、天帝にその宿主が犯した罪を報告するという言い伝えがあるのだ。だから庚申の夜は虫が出ていかないよう、寝ずにすごすのだという。

そういう風習があることは知っていたが、これまで気にしたことがなかったので、いつも普通に寝てしまっていた。

「宮中でも、庚申のたびに宿直の者たちが酒盛りやら双六《すごろく》やらで、とにかく眠らないようにしているのですがね、それにかこつけて弘徽殿や承香殿までもが、親しい公達《きんだち》を招いて、詩歌《しいか》管絃《かんげん》の宴《うたげ》をひと晩催すのですよ。弘徽殿は女御の兄君の左近《さこん》の少将やその御友人を呼んで、特にかまびすしくて」

呆れの色が見える三位局の表情からは、その庚申の宴とやらがよほど騒がしいのだろうと、察せられた。

ちなみに弘徽殿に呼ばれるという左近の少将は、晶子の実弟のはずだ。

「では、今日は弘徽殿も承香殿も、宴の支度でさぞ忙しく……」

「ええ。今夜ばかりは、主上がこちらの女御様をお召しになられても、気づかれないでしょう」

つまり、お召しがあるということだ。晶子は床に手をつき、三位局に頭を下げる。

「ありがとうございます。必ず上がらせていただきます」

「主上の御希望ですのでね。私に礼は不要ですよ」

三位局は笑って手を振った。

どうやらこの三位局は、立場の劣る女御が帝の寵愛を得ることに対して、特に不快感は持っていないようだ。側仕《そばづか》えの女房として、帝の意思を尊重すると決めているのかもしれない。そういう女房だからこそ、帝も信頼して今日同行させたのだろう。

「主上も弘徽殿には配慮なさっておいでですが、おそらくこちらの女御様のお召しは今後増えるでしょう。なるべく揉めごとにならぬよう、どうぞお気をつけください」

「承りました……」

猫を囲んでいる女房たちの輪から、わっと笑い声が上がる。なごやかなものだ。

……こちらには、争う気はないわ。

弘徽殿や承香殿との立場の違いは、女御自身も女房たちもよく心得ている。たとえ一番の寵愛を受けようと、偉そうにする気も、出しゃばるつもりもない。

それでも揉めごとが起きるとすれば、起こすのは弘徽殿の側だろう。

女御が帝に気に入られたのは喜ばしいが、妬まれるのは厄介だ。穏便に寵愛を受けられる方法はないものかと、晶子は思案していた。

庚申といえども、宴のように派手な徹夜の予定もない麗景殿では、日が落ちるころ女御と数人の女房たちが、密やかに清涼殿へと出かけていった。

晶子もついていくつもりでいたが、女御から、兵部卿宮に猫の礼を伝えてほしいと頼まれたため、留守番となる。

どこからか管絃の音色が聞こえてくる中、晶子は留守番の女房たちとしばらく双六などで遊んだ後、用事をすませてくると言い置いて、梨壺へ向かった。

庚申の夜ということで、梨壺の女房たちも宴こそ開いてはいなかったが、皆起きていたようだ。少し遅い時間だったにもかかわらず、智平付きの女房がちょうど渡殿の近くを通りかかったおかげで、晶子は中に入ることができ、智平のところへ案内してもらえた。

「ああ、例の猫のことか」

帝が直々に猫を連れてきた話をすると、智平は床に広げていた何冊もの書籍を次々拾い上げ、文机に重ね置いていく。

「むしろ主上が喜んでおられたのではないかな。猫のおかげで麗景殿を訪ねる口実ができて」

「はい。宮様のお口添えのおかげです。ありがとうございます」

「猫は何匹だった？　名前はもう決めたのか」

「二匹です。白い猫を雪《ゆき》、白と縞で目が三日月のような猫を、月舟《つきふね》と名付けました」

「そうか。こちらの女房に大の猫好きがいるから、そのうちそちらを訪ねるかもしれない。そのときは猫に会わせてやってくれ。——よし、これで全部だ」

最後の一冊を文机に積んで、智平は晶子の前に腰を下ろした。

「散らかしていて悪かったね。どうせ寝ずの夜だと思って、あれこれ引っぱりだして整理していた」

「すみません、わたくしこそ、お邪魔してしまって……」

「てっきりあなたは、今夜あちらですごすのだろうと思っていたものだから。だが、もちろん来てくれたほうが嬉しい」

どこからか、女房たちの笑い声が聞こえる。近くに人の気配はないが。

「ここの女房どもは、皆で夜通し物語を読むらしい。少々騒がしくなりそうだな」

「楽しそうですね。麗景殿は女御様にお召しがありましたので、残った者たちで双六です」

「なるほど。今夜は弘徽殿も承香殿も宴だろうから、主上も気兼ねなく麗景殿の女御を呼べるというわけか」

清涼殿と麗景殿の行き来の難しさについては、智平も把握しているようだ。

晶子は智平に、あらためて一礼する。

「我が主麗景殿の女御から、兵部卿宮様に、猫のことでお取り計らいいただいた件につきまして、ぜひ、お礼をお伝えしてほしいと」

「ああ。役に立てて何よりだ。そちらの女御によろしく。——さて」

智平が膝を進め、距離を詰めてきた。

「堅苦しいやり取りはこれぐらいにしよう。せっかく晶が来てくれた。今夜は庚申だ。朝まで私の相手をしてくれるのだろう？」

「……宮様が帰してくださらなければ、そうなりますね」

「帰すと思うか？」

智平は愉快そうな笑みを浮かべ、両手を広げる。

仕種だけで、何を望まれているのか、わかるようになってしまった。

晶子は少し困ったように眉を下げつつ、智平のほうへにじり寄る。手の届くところまでくると、智平は遠慮なく晶子を腕の中に抱きこんだ。

初め、智平は痛いほどきつく腕をまわしてくる。晶子が抗《あらが》うことなくその腕の中でおとなしくしていると、次第に力は緩められ、やがて智平がほっと息をつき、あらためて緩く抱擁された。

黒方の香りに包まれながら、晶子は智平に見えないように苦笑する。智平はいつもこうなのだ。最初は強く抱きしめてくる。そうしなければ、逃げられるとでも思っているのだろうか。

だから逃げる気はないことを示すために、晶子はわざと智平の胸にもたれかかる。

「……主上に付き添っていらした上の女房に、三位局という方がいらしたのですが」

「ああ、古参の女房だな」

「先坊様がどのような方でいらしたか、伺いました」

「……」

智平がわずかに緊張した気配が伝わってきた。

「主上がおっしゃられたのです。二の宮様がそのまま即位していたら、女御様がその後宮に入っていただろうけれど、それは嫌だと。……わたくしは、知り合いに左府の大君の女房がいると偽り、二の宮様はどのような方だったのか、尋ねて……」

「そうか。……聞いたか」

低くつぶやいて、智平は晶子の額に口づける。

「……庚申の夜に眠ると、己の罪を、三尸の虫によって天帝に報告されるというが」

また、遠くで女房たちの歓声が聞こえた。

「あの夜、先坊を呪った私の罪を天帝に知られたら、私は地獄に落ちるのかな」

「宮様――」

ぎょっとして、晶子は智平を見上げる。

「あれは病です。先坊様は頭を患っておられたのです。誰のせいでもなく……」

「あれが私の呪いだったとしても、別に私は、それで何も悔いてはいない」

智平が短く笑い、今度は晶子のこめかみに唇を寄せた。

「生まれて初めて二の宮を妬ましく思ったと言っただろう。……そう、妬ましかった。手遅れだとわかっていても、いや、手遅れだと思っていたからなおさら、二の宮への怨嗟《えんさ》を止められなかった。藤壺に戻って、自分の寝所で衣を被って、私がひと晩中、どんな呪いの言葉を吐いていたか、さすがにあなたには聞かせられないが――」

燈台の火が揺れる。

包みこむようだった智平の腕に、また力がこめられていた。

「あれは鬼だ。鬼が人の形をして、皇子として生まれてきてしまったのだ。私も主上も、そう思っていた。鬼なのに東宮に選ばれ、あれほど清らかで美しい姫君を妻にできる。何故だ？　私も鬼になればよかったのか？」

　苦しげにかすれた声は聞こえるのに、頭を抱えこまれて、智平の表情は見えない。

「私のひと晩かけた呪詛が効いたのか、天に罰せられ鬼が首を取られたのか、それは知らない。鬼は滅したが、代わりに私はあなたを失った。私が次の東宮になれれば、あなたを取り戻せるかと思ったが、東宮に選ばれたのは私ではなかった。私はあなたが鬼から逃れられたことだけを喜び、それで満足するしかなかった」

「……」

　晶子は手探りで、智平の頬に触れた。

　智平が妬んだために東宮の身に異変が起きたとあっては、智平が気に病むだろうと思い、誰のせいでもないと、あのときもいまも言った。

　だが、あの東宮の本性を聞かされたあとでは、むしろ智平によって救われたのかもしれないと――そう考えたほうが、智平にとってはいいのかもしれない。

「……十年かかりましたが、わたくしはちゃんと、宮様のもとへたどり着きました」

「そうだな」

　智平がようやく手を緩め、晶子は智平の顔を仰ぎ見る。

「でも、宮様が東宮におなりでしたら、わたくしは、髪が短いままお側に上がらなくてはいけなかったのですか？」

「このさい髪の長さはどうでもいい。あなたが私のもとへ来てくれるなら」

「それは……わたくしが困ります」

出家はしなかったとはいえ、あれほど短い髪で入内する度胸はない。今回上京できたのも、髪がそれなりの長さになっていたからだ。

「髪が短くても入内せよと言われていたら、わたくし、本当に出家していたと思います。あの髪で宮中に上がるのは恥ずかしすぎますし、きっと笑いものになります」

「あなたがそこまで嫌がるなら、私は東宮にならなくて正解だった。……と言いたいところだが」

智平が口の片端を上げ、晶子の髪に指をからめた。

「そのときには、あなたが出家していても、私はあなたを妃に望んでいた」

「……そんな」

「天帝に言いつけられたら困る私の罪は、ひとつではない」

からめた髪を解き、智平はその指先で晶子の首筋をなぞる。

「あなたの居所を突き止めたとき、あなたの尼姿を目にすれば、あきらめられるかもしれないと思った。……だが、きっとあきらめきれないだろうこともわかっていた」

指は首筋から耳裏へとすべり、また首筋に戻りをくり返していた。

「たった一夜で終わらせるためにあなたに逢いにいったわけではないと、前に言っただろう。私はたとえあなたが尼になっていようと、どんな手を使ってでも私のもとへ連れてくるつもりでいた。それで仏罰が当たって、地獄へ落ちても構わない。今生であなたと添いとげられたら、あとはどうなってもいいと」

「怖いことをおっしゃらないでください」

さすがに驚いて、晶子は首を振る。

「だめです、そのようなこと……わたくし、ますます出家できなくなります」

「ああ、それがいい。私が生きているうちは、二度と出家など考えないでくれ」

智平の目見《まみ》には恐ろしささえ感じられ、いまの話がすべて本心なのだとうかがえた。

……わたくしの行く末は、結局、あの夜に決まっていたのね。

東宮の添い臥しを務めるはずだったあの夜、自分でも知らないうちに、思っていたのと違う道へと引きこまれていたのだ。

もし、大きな手のひらに翻弄されたあの夢の続きを見ていたなら、振り落とされた自分を、翼を広げた白い鷹が救い上げてくれていたのかもしれない。

「……ふふ」

晶子は智平の肩口に頬を寄せ、小さく笑う。

「どうした？」

「わたくし、今夜は宮様と、寝ずにおしゃべりをするつもりでいたのです。まさか、こんなに怖い話を聞くことになるなんて、思いませんでした」

「怖い話と言うわりに、笑っているが」

「笑うしかありません。とんでもない方の恋人になってしまったのですもの」

「いまごろそれに気づいたというなら、ずいぶん遅いぞ」

首筋をなぞっていた指が、いつのまにか衣の合わせ目にかかっていた。

「とんでもない恋人を持って笑っていられるなら、覚悟はできているのだろうな？」

「え……？」

「話すだけより、もっと恋人らしい、寝ずの時のすごし方がある」

智平の言葉が終わらぬうちに、晶子は畳に横たえられていた。

見下ろす智平は、目を細めて晶子の表情を眺めながら、袴《はかま》の紐に手をかける。

結び目を解かれた音で、晶子はようやく、これから起こることを察した。

「あっ……の、待っ、あの、宮様」

「もう充分待った」

「……あ、明るいです。ですから、あの」

寝てしまわないようにと、いつもより多くの燈台が立てられ、あたりは明々として いる。だが智平はそれらを消すのではなく、傍らの衝立に無造作に掛けてあった白い単を引き寄せ、二人の全身を覆い隠すように頭から被った。

「これで少しは暗くなっただろう？」

たしかに灯りはさえぎられたが、これでは衣一枚の下で、智平と重なりあっているような——

「あ」

智平の手に、襟を押し広げられる。

待って、と言おうとした声は、口づけに阻まれて言葉にはならなかった。

いま聞こえたさんざめく声は、物語を楽しむ女房たちのものか。

衣を被っても、やはり明るい気がする。

「……何も気にしなくていい。それでも気になるなら、目を閉じて」

そうか。目をつぶれば、もう明るくない。

「目を閉じても、眠ってはいけないよ、晶。……私の可愛い晶」

晶、晶と耳元で呼ばれ、遠くのざわめきも聞こえなくなる。

薄布一枚の下で、あとはもう、智平だけがすべてだった。


晶子の手元には、昨夜の喜びと情熱的ともいえる恋の歌がつづられた、つややかな白の料紙があった。

今朝方、梨壺から麗景殿へ戻ってひと息つくかつかないかのうちに、智平の使いだという梨壺の女童が、一輪の白菊に結んだこの文を届けにきたのだ。

後朝《きぬぎぬ》の文、だろう。こういう文が届くのは早ければ早いほどいいと聞くが、いくら隣りとはいえ早すぎる。晶子はだるい体を引きずって筆を取り、白の薄様にどうにか返歌をしたためると、女童に持たせて梨壺に帰した。

すでに夜は明けているが、庚申を終えた安堵と徹夜の疲れだろう、女房たちは皆、それぞれの局でぐったりと横になっており、あたりは静かだった。

晶子も他の女房たちとは別の疲れを身にまとい、自分の局で脇息を枕に、智平から贈られた歌をぼんやり眺めている。

胸を満たしているのは、単純な喜びだった。

恋歌を贈られる日がくるなど、考えたこともなかった。憧れがなかったといえば、嘘になる。だからこそ、ただただ嬉しかった。……体はあちこち痛くて重いが。

黒方の香る料紙を抱きしめたままうとうとしていると、急に何人かの声が聞こえてきた。そういえば清涼殿に行っていた女御たちは、まだ戻ってきていなかった。いま帰ったのだろうか。

晶子は文を丁寧にたたんで硯箱《すずりばこ》にしまうと、手早く髪に櫛を入れてから局を出る。

身舎に入ると、やはり女御たちが戻ってきていた。だが、女房たちの様子がどこかおかしい。皆、一様に険しい面持ちで、誰かを囲んでいる。

「おはようございます。……何かありましたか?」

「あ、三笠……」

振り返ったのは高倉で、晶子に手招きして女房たちの輪の中に入れた。

中で座っていたのは女御とその乳姉妹の小少将で、小少将は右手首を自分の左手で握り、女御は心配そうに小少将の顔を覗きこんでいる。

「痛む? どう?」

「……痛いことは痛いですが、たいしたことはないですよ」

どうやら小少将が右の手首を痛めたらしい。高倉が晶子の袖を引き、耳打ちする。

「承香殿の女房に、裳を踏まれて転ばされたのよ」

「えっ……」

昨夜は庚申だったため、宴を楽しんでいた弘徽殿と承香殿の者たちが、麗景殿から清涼殿へ向かう一行に気づくことはなかった。だが夜のうちに帝が女御に絵巻を貸してくれるという話があったようで、朝になってそれを借りたため、清涼殿を退出する時間がいつもより少し遅くなってしまったのだという。

それでも弘徽殿の前は見つかることなく通過できたが、承香殿の近くでそこの女房たちに見つかってしまい、通路をふさぐようにして嫌みを言われたあげく、どうにか通り抜けようとしたところを小少将が裳を踏まれて転倒し、手をついた拍子に手首をひねってしまったのだそうだ。

「小少将の君は何とか女御様を先にお通ししようとして、あっちの女房たちを止めたのよ。それに腹を立てて、嫌がらせしてきたの」

「何てこと……」

こちらのほうがよほど腹立たしいが、いまは小少将の怪我の具合だ。女御を気遣って、小少将は笑顔で大丈夫と言っているが。

「小少将の君。手首は動かせるの？　動かせないくらい痛む？」

晶子が声をかけると、小少将は顔を上げ、右の手首をそろそろと動かしてみせた。

「動かせないわけじゃない……です。痛いですけど……」

「それなら、すぐ冷やしましょう。誰か——ああ、小稲ちゃん、ちょうどよかった。盥に水をくんできてほしいの。小少将の君が手首をひねって、怪我して」

「はい？　ああ、はい、わかりました。なるべく冷たいのですね」

自分の局から出てきた小稲が様子を見にきたところに、晶子が指示を出す。怪我の状況だけで、やはり小稲には通じたようだ。

「小少将の君、それくらい動かせるなら骨は折れていないはずだから、しばらく手首を冷やしましょう。これから腫れてくるでしょうけれど、できるだけ動かさないで」

「え。は、はい」

小少将の右手を脇息に置かせ、晶子は小稲が持ってきた水に浸した布を、赤くなっている手首にのせる。傍らでは女御が、心配そうに見つめていた。

「三笠、これで治るの？　ずっと冷やしているの？」

「動かさなければ治りが早くなります。冷やすのは半刻くらいでいいです。やりすぎると指先まで冷えてしまいますから」

「……三笠って、怪我の治療までできるの？」

後ろから眺めていた高倉が、半ば呆れたような口調で訊いてくる。

「以前住んでいたところの周りには、力仕事をする人たちが多くいましたから、こういう怪我もよく見たのです。治し方も、何となく耳に入ってくるもので」

「ああ、それで……。小稲も手際がいいわ」

小稲は小少将の手首に置いた布がぬるくなるころを見計らい、また水に浸して軽くしぼって手首に置く、というのをくり返していた。

四条藤原家の姫君として育てられていたころは、外で体を使って働く人々の姿など目に入ることはなく、手首を傷めたらどうすればいいかなど、もちろん知る由もない。姫君として学んだ数々を女房勤めに使うつもりが、大和の庵で得た知識が役立っているのだから、おかしなものだ。

小少将の世話は小稲に任せ、晶子は女御に付き添った女房たちとともに東廂に集まって、あらためて帰途の状況を聞く。

「承香殿は女房たちのほうが血気盛んみたいね。女御の四の君は、ほら、まだ十六歳でしょう。主上の御寵愛云々《うんぬん》より、人形遊びのほうが楽しいみたい。幼いものよ」

「十六でお人形は幼すぎるわ。主が幼いからこそ、余計女房が焦るのよ、きっと」

「四の君御本人は、滅多にお召しがなくてもちっとも気にしていないっていうけど、周りはそうはいかないわよねぇ」

「……あの、皆さん」

こと細かに承香殿の内情を語る女房たちを制し、晶子は首を傾げた。

「ずいぶんお詳しいですけれど、前々から御存じだったのですか？」

「ああ、これ、あたしたちも知ったばかりよ。ほら、昨日の、猫を連れてきてくれた上の女房の一人、按察使《あぜち》の君」

三位局ではない、年下のほうの女房か。

「猫好き同士で、松尾の君たちと気が合ったみたいでね。昨夜のお召しでも、あたしたちが待機してた御局に顔を出してくださって、それで結構おしゃべりしちゃって。その按察使の君から聞いたのよ」

片手を振りつつ、能登が笑いながら説明した。

「上の女房の方々って近寄りがたかったですけど、按察使の君はとってもいい方で」

「承香殿だけでなく、弘徽殿や藤壺のことも教えてくれたのよ」

「あれも主上のためなのね。うちの女御様がなるべく安全にお召しに応じられるように、いろいろ教えてくださったんだから」

「でも、せっかく教えてもらったのに、いきなり失敗しちゃったわね。承香殿の前を通るときは、もっと気をつけないと」

「……弘徽殿のことも……ですか」

晶子は十年会っていない妹の姿を、脳裏に思い出そうとする。八歳のころの妹は、何故かいつも不機嫌そうだった。

「弘徽殿は承香殿よりおとなしいけれど、若い女房ほど——按察使の君曰く、生意気なのですって」

「弘徽殿の女御様が、すごく気位の高い方らしくって。それで女房たちも似たような感じになってるみたいなんですけど」

「まぁ、それはそうよね。一番お血筋がいいんだもの。尊重されて当然なんでしょ」

女房たちが口々に、昨夜女御に同行しなかった晶子に語ってくれる。

「主上がうちの女御様をお気に召したってことを弘徽殿が知ったら、きっと当たりがきつくなるだろうから、心づもりをしておくように、忠告されたわ」

「……そうですか……」

帝も、帝としては後宮内の権力構造に配慮せざるをえないのだろうが、一人の男子として、どんな姫君に心ひかれるかは、また別の話だろう。

後宮内で最も後ろ盾の弱い女御を、一人の男子として愛しく思ってしまったのは、おそらく帝自身にとっても、悩ましいことなのかもしれない。

「ところで、藤壺のほうはどうなのでしょう。あちらだけ右府様の姫君ですよね」

藤壺の女御は、智平の縁者にあたる。智平の母が右大臣藤原朝周の妹なのだ。

妻だった室町の君となじめずにいた智平が、住まいを転々としていたときに、一時右大臣邸にも滞在していたというが、智平の口から右大臣や藤壺の話はほとんど聞いたことがない。

「藤壺は、女御様も女房たちも、主上の御寵愛にはあまり興味がないのですって」

「興味がない……？」

晶子の質問に答えた高倉が、肩をすくめた。

「もともと右府様は、娘の入内にそれほど乗り気ではなかったのですって。この状況を見れば、それはわかるわよね」

「……ええ」

現在の後宮は、左大臣の娘だらけである。

「けれど左府様が、さすがに御自分の姫君ばかりでは世の批判を受けると思われて、右府様に入内を強く勧められたらしいわ。それで右府様は、姫君をお一人だけ」

「でもね、その藤壺の女御も、主上とはただの碁打ち友達のようなんですって」

「……碁がお好きな方なのですか？」

「すごーくお強いらしいわ。主上もなかなか勝てないくらい。碁だけでなく、女房に物語を書かせたり、絵巻を作らせたり、そういうことに力を入れておいでで、主上も御寵愛とは関係なく、藤壺の女御のなさることを面白がっておいでなんだとか」

「それは……たしかに面白そうですね」

藤壺ははなから寵は争わず、我が道を進んでいるのか。

そんな後宮でのあり方もあったのかと——晶子は目から鱗《うろこ》が落ちる思いだった。

四条藤原家で父に言われていたのは、とにかく皇子を産めと、ただそれだけだったというのに。

「いろんな公達も顔を出すほどで、よく歌合や物合を開いて……勝負がついたあとの負態《まけわざ》もちょっと変わっていて、面白いみたい」

「負態は、勝負ごとで負けたほうが勝ったほうに贈り物をしたり、もてなしたりするのでしたよね。それが面白いのですか？」

「そうそう。普通は負けた側が用意するのだけれど、公達相手の物合で女房方が負けたら、女御様が負態を用意するのですって。それが壺の中に手を入れて、引いた紙に書いてあるものを出すという方法なものだから、きれいな瑠璃の坏《さかずき》がもらえることもあれば、何が咲くかわからない花の種をもらうこともあるって……」

「何それ、面白い。あたし眠いのを我慢するのに必死で、そこ聞いてなかったわ」

晶子の横で、能登が身を乗り出す。

「面白いわよねぇ。ちょっと見習いたいわ。仲よくなれないかしら」

「え、藤壺に遊びにいくんですか？　左府様に怒られません？」

「でも気になるわよね。按察使の君に、もうちょっと詳しく聞いて……」

いがみ合うどころか、他所の殿舎に興味津々の女房たちを、晶子は微笑を浮かべて眺めていた。

麗景殿に来て、まだ二十日ほど。女御が帝の寵を得られるか、そればかりを気にしていたが、もっとこの後宮での生活を楽しく、豊かなものにすることを考えてもいいのかもしれない。それは女御のためにもなるだろう。

後ろ盾のことなど気にせず、皆で麗景殿を明るい場所にしていけたら。

「物合くらいでしたら、わたくしたちもすぐできますよ」

晶子は力強い口調で言った。

「えっ、どんな？　絵合とかは無理よ。絵巻持ってないし。負態も用意できないし」

「ちょうど紅葉が落ち始めるころですから、各々で集めて、どれが一番きれいな葉か競いましょうか」

「あ、それならできそう。誰かに拾ってきてもらうのでもいいんでしょ？」

「それならあまり動けない小少将の君でも、楽しめますね」

「承香殿のことは悔しいけど、仕返しできるわけでもないのよね……。憂さ晴らしに遊びましょうか、みんなで」

「いいわね、いいわね。いつやるの？　早速集める？　他のみんなにも知らせて」

「その前に、みんな、ちょっと休まない？　少し寝ておかないと……」

盛り上がりかけたところで、中でも年長の上総という女房がそう言って、あくびを嚙み殺す。他の女房たちも顔を見合わせ、うなずいた。

「……たしかに庚申明けでずっと起きてると、昼ごろ急に寝ちゃったりするのよね」

「小少将の様子を見にいって、それから休みましょうか」

「そのほうがいいわ。三笠だって、さっきふらふら歩いていたものね」

「……え、ええ。眠いですね」

ふらついていたのは、どうにも足腰がしっかりしないからなのだが、晶子は曖昧に笑ってごまかしておく。

……今度、宮様に後宮でできる楽しい遊びを伺ってみようかしら。

尼君たちに文を書いて、教えてもらうのもいいかもしれない。

晶子は袖で口元を押さえてあくびを隠しつつ、これからのことを考えていた。


麗景殿での生活を充実させるべく晶子が思案している間にも、後宮の状況は次第に変化していた。

帝はこれまで庚申の夜は宿直の蔵人《くろうど》を召して碁を打ったり、上の女房たちと手習いをしたりと、どこの女御も呼ばずにすごしていたのだという。

それが初めて女御を、それも麗景殿から召したという話が広まり、弘徽殿と承香殿に、どうやら受領の孫娘でしかない新参者が、身の程知らずにも帝の寵愛を得ているようだ――という、共通認識が生まれてしまったらしかった。

こうなっては、父がまた乗りこんできて、立場をわきまえろと女御に説教するかもしれないと晶子は警戒したが、いっこうに現れないため智平に訊いてみると、是望は例の庚申の夜、自邸で酒宴を催し、酔って転んでしたたか腰を打ち、痛みで寝こんでいるのだという。麗景殿でも巽の衛士に飛びかかられて、腰を強打したばかりだ。

すぐ怒鳴りこまれずにはすんだわけだが、弘徽殿と承香殿に敵視されている状況は変わらないので、いずれ説教には来るのだろうが。

「あー……底冷えがするわねぇ……」

清涼殿に向かう道すがら、能登が肩を丸めてぼやく。

庚申の日から十日ほどが経った。その間にも麗景殿の女御は四度、清涼殿に呼ばれており、そのうち二度は晶子も、手首を怪我した小少将の代わりに、女御の供をする一行に加わった。

「こう冷えてくると、侍従さんと上総さんの他にも、体を悪くする人が出てくるかもしれませんね」

「みんな気をつけないとね……」

今夜は小少将こそいるものの、いつも年長の侍従か上総のどちらかが同行しているのが、二人とも寒くなってきて節々が痛むというので、どちらも休ませて、晶子と高倉、能登、八条で随従している。

薄暗い廊を進み、最初の角を曲がると、正面に承香殿が見えてきた。手燭を持って先導していた高倉が、承香殿から見えないよう、袖で灯りを隠す。女御も女房たちも皆、無言で次の角を曲がり、足早に承香殿の前を通り過ぎた。

「……今日は、無事に通れたわ」

八条がほっとした様子でつぶやく。だが一番後ろを歩いていた晶子の耳には、忍び笑いのようなものが微かに聞こえていた。近くに誰かいたのだろうか。

嫌な予感がする、と思ったそのとき、先頭の高倉が足を止めた。

「高倉の君？」

「……ここから先は無理かもしれません」

何ごとかと皆が高倉の肩越しに前方に目を凝らし――能登が、あっと声を上げる。

「あれ、何なの……。水？」

釣燈籠《つりどうろう》の灯りに照らされたそれは、たしかに水だった。

そこを通り抜けさえすれば、あとはまっすぐ清涼殿への廊、という手前に、大きな水たまりができている。それも、どう避けようとしても絶対に裾を濡《ぬ》らさずには先に進めない場所に。

盥で何度も撒《ま》いたものか、水が床から盛り上がって見えるほどだ。

誰が、と小少将が言いかけたそのとき、前方と後方、両方から遠慮のない笑い声が上がった。

「あらあら、大変。こんなところに川が……」

「まぁ、昨夜の雨が流れてきたのかしらねぇ？」

前方の笑い声は、弘徽殿のほうからぞろぞろと現れた十何人かの女房たち。そして後方の笑い声は、おそらくそれまで身を隠して待っていたのであろう、承香殿の北廂から顔を覗かせた、数人の女房たち。

どちらの仕業かはわからない。だが、どちらかの仕業であり、どちらも知っていたことは明白だった。

「ほらほら、通ってごらんなさいよ」

「早くしないと、夜が明けてしまうわよー」

はやし立てる品のない声に、能登が怒りの顔で何か言い返そうとするのを、高倉が袖を引いて止める。八条は目に涙を浮かべていた。

晶子は弘徽殿の、そして承香殿の女房たちを、ゆっくりと見まわす。

憤りを通り越して、情けなさが勝っていた。

承香殿も呆れたものだが、それよりも弘徽殿である。何もかもが優位な立場で入内していながら、まるで余裕がない。こんなことが帝の耳に入れば不興を買わないはずはなく、これまでの優位さが失われるかもしれないことに、考えが至らないのか。

……何をしているの、卯の姫は。

弘徽殿の主は誰なのだ。こんなことを許していていいのか。

晶子は女御を振り返る。女御は瞬《まばた》きもせず、水たまりを見つめていた。その目には無念さの色が見え——だが次第に、それはあきらめへと変わる。

「……帰りましょう」

唇に笑みをたたえ、女御は静かにそう告げた。その横で小少将が、うつむいて歯を食いしばる。

だが晶子は、後ろに下がろうとしていた女御の袖を摑んで引き止めていた。

「……三笠？」

駄目だ。退いてはいけない。

泣きも取り乱しもしない、気丈な姫君だ。弘徽殿が、承香殿がこんな有様で、この姫君が自分の妹、自分の主であることが、唯一の救いだった。

「参りましょう。主上がお待ちです」

「でも……」

「わたくしがお通しします」

女御ににっこりと笑いかけ、晶子は水たまりに向き直る。

――あなたにならら喜んで利用されよう。

耳の奥に、いつかの智平の言葉が聞こえていた。

自分には智平がいる。何をしても、きっと見捨てずにいてくれる。いまはそう信じられる。十年の未練を抱え、ずっと追い求め続けてくれた人。

……もしものときは、守っていただきますからね、宮様。

晶子は袴の上に着けていた裳を外し、それを腕に抱え持って、一歩踏み出した。

「恋しきに――」

朗々と詠じながら、晶子はすべるように、勢いよく水たまりに入っていく。

「三笠……！」

女御の声と弘徽殿の女房らのざわめきが聞こえたが、晶子は振り向かず、そのまま清涼殿に入る廊のほうへと歩を進めた。長袴が水を吸い、すぐに足裏が冷たくなる。

水たまりを完全に横切ったところで踵を返すと、弘徽殿の女房たちの呆気《あっけ》にとられた顔が目に入った。晶子は艶然と微笑んでみせると、腕に抱えていた裳を一気に広げ、自分が通ったあとに敷く。

「たぎつ瀬のごと――涙川――」

袴でだいぶ水は散らしたが、裳を敷いただけでは、まだ足元は湿っているだろう。晶子はとっさに作った、恋しい気持ちの苦しさで涙が激流のように流れるが、想い人のもとへたどり着くためならあきらめず渡ってみせよう、という意味の歌をゆったりと歌いつつ、肩から唐衣を外し、裳の上に重ね置いた。

歌い終えるころには、あたりは静まりかえっていた。

弘徽殿の女房どもを黙らせても、これで終わりではない。晶子が目で合図すると、小少将がはっとしてうなずき、女御の手を取った。

「さぁ。……渡りましょう」

橋に見立てた唐衣と裳の上を、まず小少将が慎重に踏んでいく。そのあいだ高倉が、いま晶子が詠んだ歌をもう一度歌い上げ、遅れて意図を察した能登と八条が、高倉に合わせて唱和した。

「渡らでやまむ――ものならなくに――」

しまいには唐衣も裳もめちゃめちゃに崩れてしまったが、それでも晶子の歌を二度くり返すあいだに、全員が水たまりを渡ることができた。

清涼殿に通じる廊に一行が入ったところで、晶子は立ち止まる。

「皆さんはこのまま行ってください。わたくしはこのなりでは参上できませんから、麗景殿に戻ります」

「でも……平気？　あたし、一緒に戻ってもいいけど」

能登が心配そうに訊いてきたが、晶子は笑顔で首を振った。

「ありがとうございます。一人で大丈夫です。もうひと暴れして帰ります」

「え？　何するつもりよ？」

「唐衣と裳を拾っていくだけです。でも、きっと帰り道が水浸しになりますよ。承香殿の前も」

晶子の言葉に、顔を強張らせていた小少将や高倉も、ようやく少し笑った。

晶子は背筋を伸ばし、女御に一礼する。

「お先に下がらせていただきます。明日の朝は、どなたか上の女房の方に、帰り道の様子を見ていただくのがよろしいかもしれません。道中、お気をつけて。……では」

「三笠──」

女御が晶子の手を摑んだ。その指先は、ひどく冷たい。

「ありがとう、本当に。充分気をつけて帰って」

「はい」

晶子は女御の手を強く握り返し、そして放した。

「わたくしは大丈夫です。……失礼いたします」

清涼殿へ向かう女御たちを見送って、晶子は単身、引き返す。

しとやかな姫君は女御だけでいい。こちらは十年間、体を動かして生きてきた。

水たまりの場所に戻ると、弘徽殿の女房数人が、掃司《かにもりのつかさ》の女孺と思《おぼ》しき娘二人に、床を拭き散らばった唐衣と裳を捨ててくるよう、命じているところだった。

「──結構です。わたくしのものですから、自分で片付けます」

背後で声を張り上げると、女房たちが短い悲鳴を上げて振り返る。

晶子は余裕のある笑みを浮かべて周囲を見まわし、女孺たちにやさしく話しかけた。

「夜分に呼ばれて難儀でしたね。ですが、もう下がって大丈夫ですよ。後始末なら、こんなところで水遊びを始めた者がすればいいのです」

女孺たちは明らかに嬉しそうな顔をし、弘徽殿の女房たちは、まぁ、とか、何を、とか、口々に非難の声を上げる。

面倒はごめんだとばかりに、女孺たちが足早にその場から下がったのを見てから、晶子は腰を屈め、ぐっしょり濡れて床に張りついた唐衣と裳に手をかけた。まだ床はところどころに水がたまっている。

「あ……あら、鼠が水を飲んでいるわよ」

「まぁ、みすぼらしい鼠だこと……」

懲りずにはやし立てる弘徽殿の女房らに、晶子は顔を伏せたまま深く息をついた。情けない。これが四条藤原家の女房か。

「まだ――遊び足りないようね」

言うが早いか、晶子は唐衣と裳を掴んで勢いよく振りまわした。濡れた布から飛び散った水しぶきをまともに浴びて、女房らが悲鳴を上げる。

「さぁ、存分に水遊びをするといいわ。――ほら！」

残った水たまりに再び唐衣を落としてさらに水を吸ったものを、叩きつけるように投げつけると、女房らは絶叫しながら逃げまどい、弘徽殿へと走り去っていった。

晶子はあらためて、まだ水のしたたる唐衣と裳を拾い、そのまま承香殿に向かって歩き出す。

さっきは笑っていた若い女房たち数人が、奇怪なものに遭遇したような目で晶子を見つめていた。

「――あなたたちも水遊びがしたいのね？」

そう言ってにやりと笑い、丸めた唐衣と裳を掲げてみせると、女房らは金切り声を上げ、脱兎のごとく殿舎の中へと逃げていく。

晶子は承香殿のすぐ前で唐衣と裳を力いっぱいしぼり、ささやかな仕返しとして、殿舎から廊に出るところに小さな水たまりを作ってからそこを通り過ぎた。

ふと振り返ると、ずぶ濡れの長袴を引きずって歩いた形跡が、釣燈籠の灯りに照らされ、うっすらと光って見える。

……まるで蝸牛《かたつむり》が這ったあとだわ。

「ふふ、ふふふ……」

自分のあまりの有様がかえっておかしく、晶子は独り、笑いながら麗景殿へ帰った。

「水をまいて邪魔するなんて、やることが下品ですよ、下品！」

皺くちゃの唐衣と裳を高欄に広げながら、小稲が憤慨する。

麗景殿に帰りついたはいいが、濡れた袴を引きずって歩きまわるわけにもいかず、晶子はひとまず西の簀子にとどまり、小稲を呼んで濡れた衣を干してもらっていた。

「あたし、都の人ってみんな上品だと思ってましたよ。そうでもないんですね」

「都でも大和でも、人はそれぞれよ。……これも頼んでいい？」

表着や小袿も裾が湿っぽいが、この程度なら、歩いても蝸牛にはならないだろう。だが袴はここで脱ぐしかなく、晶子は水を吸って重くなった袴を小稲に渡した。小稲についてきた猫の雪と月舟が、高欄に干された裳の紐にじゃれついている。

「干します。替えの袴、持ってきましょうか？」

「それはいいわ。もうこのまま局に戻るから。……皆さん休んでいるでしょ？」

「北廂は何人か起きてますよ。南廂は侍従さんも民部さんも寝てますから、通っても大丈夫です。……あ、でも」

小稲が裳の紐をかじろうとしていた月舟を抱き上げた。

「お客様がいますよ。子の姫様の局に」

「え？　誰？　……って」

こんな夜更けに局を訪ねてくるのは、一人しかいない。

「あたし、寝る前に猫たちを柱につないでおいてって松尾さんに頼まれたんですけど、雪が見あたらないから東廂へ捜しにいったら、梨壺の方が子の姫様の局に」

「わたくしがいないのに？」

「いないのに、です。——こら、雪、こっちにおいで。中に戻るよ」

小稲は雪の首輪につけた長い紐を引っぱり、外へ下りようとするのを止める。

「干すの、これだけでよかったです？」

「ええ。ありがとう、助かったわ。でも、呼び方は気をつけて」

「あ。……まだ慣れないんですよねぇ、三笠さん」

小稲はちょっと舌を出し、妻戸を開けて猫たちと中に入った。晶子もあとに続こうとして、ふと、背後で物音がした気がして振り返る。

何もない。あたりは静かだった。……気のせいだったのか。

晶子は中に入って扉を閉めると、休んでいる女房を起こさないよう、足早に東廂の自分の局に戻る。どこかでつながれるのを嫌がった猫の、不満げな鳴き声がした。

衝立に区切られた晶子の局の内では、本当に智平が、脇息を枕に横になっていた。その肩には晶子がいつも夜具にしている、綿を入れた袷の衣を羽織っている。

顔を覗きこむと、気配を察したのか、智平が目を開けた。

「……あれ、晶、どうして」

「それはわたくしがお尋ねしたいです。わたくしは女御様のお供で今夜は不在だと、小稲ちゃんから聞きませんでしたか」

「聞いた。だから好きにくつろがせてもらっていた。……何かあったのか？」

唐衣も裳もない、それどころか袴も穿《は》いていない晶子の姿に、智平がいぶかしげに眉根を寄せる。晶子は足元が見えないよう裾を気にしながら、局に入った。

「弘徽殿と承香殿の水遊びに付き合わされました。主に弘徽殿の仕業でしょうが」

「……もっと詳しく説明してくれないか」

晶子は衣箱の蓋を開け、単と小袿、長袴を出しながら、行き帰りの顚末《てんまつ》を話す。

「そういうわけで、あの唐衣も裳も袴も、きっと乾いても使えはしないでしょうが、この中まで水浸しにするわけにはいきませんから、外に干してきました。……あの、あちらを向いていていただけませんか」

「どうして」

「着替えたいのです。袴ほどではありませんけれど、全部裾が濡れていますから」

「気にせず着替えるといい。あなたの体なら知っている」

「……」

晶子は横目でにらんだが、智平は涼しい顔で腰を上げた。

「手伝おう。脱いだら貸しなさい。……ああ、本当だ。裾が湿っている」

智平は晶子の背後にまわりこむと、躊躇《ちゅうちょ》してなかなか脱がない晶子に構わず、手際よく表着と小袿を一枚ずつ剝ぎ取っては、衝立に掛けていく。

とうとう単一枚にされて、晶子は慌てて智平の手を止めた。

「これはっ……これは、自分で」

「着替えるのはこの単か？　早くしないと体を冷やす。――ほら」

新しい単を広げ、智平が後ろから羽織らせる。晶子は裾の湿った単を肩からすべり落とし、智平が着せかけてくれた単に袖を通した。智平は晶子の髪を襟足から丁寧に抜き、手櫛で整えるまでしてくれてから、脱ぎ捨てられた単も衝立に掛ける。

「あ……ありがとうございます……」

身支度を智平に手伝わせてしまった。晶子は衣の前を掻き合わせ、小声で礼を言う。智平は微笑を浮かべ、さっき寝ていた場所に腰を下ろすと、晶子に手を差し伸べた。

「おいで、晶」

呼ばれれば抗うこともできず、晶子は智平の傍らに座ろうとしたが、急に腰を抱き寄せられ、晶子は智平の膝に、崩れるように腰掛けてしまう。

「え、あの……っ」

「……ああ、やはり。足がこんなに冷たい」

単の裾を割って入ってきた大きな手が、確かめるように晶子の素足に触れた。

「火桶でも持ってくるのだったな。ここはまだ出していないのか？」

「いま女御様の御実家にお願いして……あの、宮様の手が冷たくなってしまいます」

「あなたの足をあたためるほうが先だ」

智平は綿入りの衣で晶子ごと自分を包みつつ、晶子の足をさすり続けている。

単一枚だけの格好で智平の膝に座らされている状況がいたたまれず、晶子は何とかそこから下りようとするが、智平の腕がしっかりと晶子の腰にまわされているため、どうにも動けない。

「……室町が見つかったそうだ」

低くささやかれたその言葉の意味が一瞬わからず、晶子は聞き返そうとして、息をのんだ。――想い人と駆け落ちしたという、智平の前妻、室町の君のことだ。

「見つかったというより、戻ってきたというのが正しいな。一昨日、兄の豊仲の家に現れたそうだ。恋人と二人でな」

「……何故、戻ってきたのでしょう」

「簡単な話だ。暮らしていけるだけの貯《たくわ》えがつきた。片や姫育ち、片や受領の息子。二人とも生活に困ったことはない。だが逃げたときに持ち出せた金子だけでは三月と少々しかもたず、これから食うに食えないとわかったところで、帰ってきたわけだ」

「兄君は、どうされたのですか？」

「放り出すわけにもいくまい。男のほうは追い出そうとしたようだが、室町に泣いて頼みこまれて、二人とも家に置いているらしい。もう結婚させるしかないだろう」

喉の奥で短く笑って、智平は晶子の足首のほうもさすり始める。

「今日、豊仲が疲れきった顔で報告にきたから、さっき祝いの品を届けさせた。私は室町と離縁さえできれば、あとはどうでもよかったのだから、幸せに暮らせばいい」

智平の声色は、どこか安心したように聞こえた。離縁のためには駆け落ちを望んでいながら、やはり妻だった人のことを気にしていたのだろう。

初めから気持ちがすれ違っていたとはいえ、正式な夫婦だったことは確かだ。そう思うと、智平の口から室町の君の名が出るだけで、何やら腹の底がもやもやする。

晶子は胸の前で腕を交差し、自分で自分を抱きしめるようにして背中を丸めた。

「寒いか？」

「いえ。……もう足は大丈夫ですので、放してください。わたくしも退きますから」

「どうしてそうなる。室町が恋人と結婚して、豊仲が間違いなく復縁をあきらめて、これで完全に悪縁を絶てたのだと大喜びであなたに逢いにきてみれば、よりによってあなたは女御の供だ。帰って独り寝も虚《むな》しいからここでぐずぐずしていたら、あなたが戻ってきてくれた。これで私が、あなたを放すとでも？」

「……え」

足首をさすっていたはずの手が、いつのまにか膝のあたりにいる。

おそるおそる顔を上げると、やけに鋭い目がこちらを見ていた。

獲物を見つけ、飛びかかる間合いを計っている鷹のような目。

「今度は私たちの番だ。そろそろ結婚してくれてもいいだろう、晶」

「……それは」

「私は初めから、あなたとの結婚を望んでいる。もちろん正式な結婚だ」

「正式、な……」

室町の君とは正式な結婚だろうと、かつてそれを理由に智平を拒んだのは晶子だ。実を伴った夫婦かどうかではなく、婚姻が正式なものかどうかを。

だが。

気にしていたぶん、だからこそ、正式な結婚と言われると、心がぐらついた。

「……それは、無理です。いまのわたくしは、親がいないも同然です」

正式な結婚とは、世間に公表できる関係であることと同義だ。女の場合、親がいるならば親、特に父親を後見として婚姻を結ぶ。庇護《ひご》する者の許諾がない結婚は、正式とは見られない。父親が不在ならば祖父母や親戚など、別の者が後見役となれるが、晶子の父、是望は存命である。

髪を切られたあの瞬間、父との親子の縁も断ち切れた。晶子はそう思っているし、実際この十年間、何の音信もなかった。いまさら連絡をとりたくはないし、先だって麗景殿を訪れた、あのときの父を見てしまっては、余計関わりたくない。何より妹に女房として仕えていることを知られてしまう。

ならば母に頼めるかといえば、それもできない。母はいまでも自分を案じてくれているが、父を差し置いて勝手に結婚の許可を出せるかといえば、それとこれとは話が別だろう。

「あなたの親代わりというなら、尼君たちがいるだろう。尼君たちにはすでに承諾を得ている。あなたが受け入れさえすれば、結婚して構わないと」

「……いつのまに……」

尼君たちとの文のやり取りに、そんな話は一度も書かれていなかったのに。

「法によるものだけが正式だとあなたが言うなら、私はすぐにでも四条の左府に頭を下げにいく。しかしあなたはそれを望まないだろうから、十年間あなたとともに暮らした尼君たちを、あなたの親だと見なすことにした。……これは正式ではないか？」

世間に正体を明かしたくない。結婚するならきちんとした婚姻がいい。相《あい》容れない晶子の本心を酌《く》みながら、それでも正式な結婚に近づけるため、智平が考えた折衷案なのだ。おそらく、晶子が「正式な結婚」にこだわっていたことを憶えていて。

……きっと、わたくしは妬んでいただけだわ。

右大臣家の姫君として、父親の庇護のもと、誰からも後ろ指をさされることのない結婚をした室町の君が、心のどこかでうらやましかったのだ。それはもはや、二度と自分には歩めない道だったから。

だが、もしもあのまま左大臣家の姫君を続けて、あの父親の決めた道を進まされていたら――

晶子は目を伏せ、ふっと息をつく。

「宮様。……わたくし、さっき大暴れしてきたばかりなのです」

「聞いたが、それが？」

「麗景殿にはとんでもない女房がいると、明日には後宮中に広まっているかも……」

「悪意があればそういうことにもなるだろうが、あなたは女御を守っただけだ。私がその程度で結婚をためらうとでも？」

「思いません」

何しろ、地獄へ落ちても構わないと言いきったほどだ。とんでもないというなら、智平のほうこそとんでもない。晶子は顔を上げ、微苦笑を浮かべた。

「正直に申しますと……何をしても宮様はお許しくださると当てこんで、心置きなく暴れました」

「わかっているではないか。それでいい」

「ですが、いま結婚となりますと、夫婦になって早々に、宮様に御迷惑をおかけすることになるかと……」

「かければいい。むしろ夫婦で何の遠慮がある」

智平がさらに顔を近づけてくる。膝に置かれていたはずの手は、もう腿《もも》にあった。

「とにかく、あなたは私の正式な妻だ。私はあなたの唯一の夫だ。いいな？」

「いいですが……」

「まだ何かあるのか？」

智平が思いきり不機嫌そうな顔をして、晶子の腰をさらに強く引き寄せる。

晶子は目を伏せ、少したためらい、小さな声で答えた。

「……わたくしは、宮様の、正式な……正式で、唯一の妻、が、いいです……」

息をのむ気配がする。

一拍の間を置いて、晶子の視界は天井を向いていた。

破顔した智平が覆い被さってきて、晶子は慌ててその胸を押し返そうとする。

「あの、ここでは……」

「静かにしないと、向こうで寝ている女房たちが起きてしまうぞ」

「……っ」

智平が着替えを手伝ったのは、ただの親切ではなく、単一枚しか身に着けさせないためだったのだといまさら気づいても、もう遅かった。

翌日になっても、麗景殿にとんでもない女房がいるという噂は広まっていなかった。その代わりに聞こえてきたのは、弘徽殿の女御が寝こんでいる、という話だった。いったい何が原因で寝こんでいるのか、そのあたりがはっきりせず、物の怪ではないかと言われていた。娘のこの一大事に、腰を痛めて出仕もままならなかった是望は杖を使ってどうにか起き上がり、娘を見舞った後、あちこちの寺に加持祈禱の依頼をしたという。

しかしそれでも弘徽殿の女御には快復の兆しさえ見えず、後宮中に重い空気が漂い始めたころ、今度は承香殿の東の庭で、十数匹の鼠が死んでいるのが見つかるという騒ぎが起きた。

これには承香殿の女御も気味悪がり、宿下がりを願い出て、半数以上の女房たちとともに母親が住む実家に帰ってしまった。

ほどなく、後宮内にひとつの噂が流れた。

物の怪に苦しみ寝こんでいる弘徽殿の女御が、しばしば夢を見てうなされるため、夢占を得意とする僧に解かせたのだという。

弘徽殿の女御がどのような夢を見たのかは、わからない。だがその僧の夢解きは、こういうものだった。

「子の日子の刻に生まれた女が、後宮に災いをもたらす――だそうです」

備前という、麗景殿で一番若い女房のその言葉に、輪になって話を聞いていた他の女房たちは、怪訝そうに顔を見合わせる。

「……何よ、それ？」

「そんな具体的な夢占、聞いたことないわね」

「その災いのせいで弘徽殿の女御が寝こんでるの？　でもその夢を見たのは弘徽殿の女御なのよね？」

「承香殿で鼠がたくさん死んでたっていうのも、そのせい？」

「わからないですよ？　あたしはそういう夢占だったって、聞いただけですから」

これ以上質問されても困りますと言って、備前は両手を振った。

「そもそも誰に聞いたの、それ」

「殿司《とのもりのつかさ》の女孺です。よく顔を合わせるんですけど、弘徽殿でも仕事してる子で」

「ああ……そういうところから広がるのね、噂って」

女房たちは、納得してうなずき合う。

「でも、子の日子の刻生まれの女？　そんなの世の中にたくさんいるんじゃない？」

「後宮に災いというなら、後宮の中にいる子の日子の刻生まれという意味かしら」

「ああ、それなら限られますねぇ」

「限られても、後宮は女だらけじゃないの。女房に女官に……百人以上いるでしょ」

「そもそも自分が何の日何の刻生まれとか、知ってます？　あたし知らないですよ」

「えー、あたしはたぶん寅《とら》の刻だわ。明け方に生まれたって母から聞いて……」

「わたし五月の二十日生まれですけど、子だか丑《うし》だか、そこまでは……」

「そんなの知らないっていう人ばっかりじゃないですか？　――ねぇ？」

隣りにいた八条に急に同意を求められて、晶子は一瞬、喉を引きつらせた。

「っ……え、ええ。そうね」

「三笠、何だか顔色悪くない？　大丈夫？」

能登が身を乗り出して、様子をうかがってくる。晶子はどうにか笑顔を作り、うなずいた。

「大丈夫です。ちょっと冷えたのかもしれません。今日、寒いですし」

「ああ、そうよね。火桶ももうちょっとほしいわよね」

「このまえ膳司《かしわでのつかさ》の子が、頼んでくれれば温石《おんじやく》作りますよって言ってたのよね。ただし代わりに何かあげなきゃいけないみたいだったけど」

「あ、私も聞いたことがあるわ。いい衣一枚あげたら三個も作ってくれたとか」

「いいですね、温石……」

手を擦り合わせ寒そうな素振りをしてみせて、晶子は内心の動揺を誤魔化す。

弘徽殿の女御が寝こみ、承香殿で鼠の死骸が大量に見つかった以外にも、貞観殿《じようがんでん》の庭で蛇が死んでいたとか、滝口の陣の近くで雀《すずめ》と思しき鳥の羽が無数に散らばっていたとか、奇異な出来ごとの噂は幾つか耳にしていた。

そうなると後宮全体にどことなく不気味な雰囲気が漂い、近ごろでは仕事のために行き交う誰もかれもが、不安げな顔をしている。

そんな中でも麗景殿は、どんな噂を聞いても女御が普段と変わらぬ様子を貫いているためか、比較的落ち着いていた。

それでも、噂は気になるものだ。誰かが新しい噂を仕入れてくるたび、皆が集まり報告し合っている。

今日も備前が新しい話を聞いたと言い出したときには、またどこかで生き物の死骸が見つかったとか、そういう内容かと思っていたのに。

……子の日子の刻生まれの女って……。

辰《たつ》でも未《ひつじ》でも亥《い》でもなく、どうしてよりによって子なのか。

「それじゃ、温石を頼むのにちょうどいい衣か飾り紐でも見繕っておきますね」

「あ、三笠、あたしのぶんもついでに頼んで。衣か紐は任せるから」

「それ便乗じゃないの、能登ってば」

女房たちの笑い声が響く中、晶子はそっと輪から抜ける。

麗景殿には、まだ皆が笑える余裕があるのだ。

だが、もし自分が子の日子の刻生まれだと知られたら——それでも皆、笑ってすませてくれるだろうか。

……そんなはずないわ。

晶子は自分の局に戻り、深く息をついた。

子の日子の刻に生まれた女が、後宮に災いをもたらす。

弘徽殿の女御が、卯の姫が寝こんでいるのが自分のせいなら。

いったいどうすればいいのか——


夜が更けても寝つけず、晶子は闇に沈む天井をただじっと見つめていた。

子の日子の刻生まれの自分が後宮にもたらす災いとは何なのか、そのことばかりを考え続け、しかし考えたところで答えの出るものでもなかった。

卯の姫が寝こんでいることが災いなのか。それとも災いのせいで卯の姫の病が治らないのか。生き物が死んでいることはどう関わりがあるのか——

何度目かわからないため息をついて、寝返りを打つ。

もう戌《いぬ》の刻にはなっているころなのに、いっこうに眠れない。こんな夜に限って、智平はどこぞの宴に呼ばれているという。たぶん今夜は帰ってこない。

……宮様の耳には、もう入っているのかしら。

この後宮で、自分が子の日子の刻生まれだと知っているのは、智平と小稲だけだ。子の姫と呼ばれていた理由は、小稲も承知している。例の噂は小稲も聞いたようで、さっき心配して様子を見にきてくれた。

そもそも小稲が言いふらすとも思っていないが、それでも小稲が、誰にも話さないから気にしないでほしいと言ってくれたのは、ありがたかった。

……寝ないといけないのに……。

またため息をついてしまったそのとき、扉の開く音がした。——ここで聞こえたということは、渡殿の前の妻戸だ。どうして。

衣擦れの音が近づいてくる。晶子が起き上がったのと同時に、御簾をくぐって智平が現れた。直衣だけ脱いできたのか、衵《あこめ》に指貫《さしぬき》という格好だ。

「……宴は……」

「あまり面白くないから、帰ってきた。……もっと早くに戻るべきだったな」

「えっ？」

「梨壺に小稲からの言伝《ことづ》てがあったぞ。あなたが落ちこんでいると」

小稲にそこまで案じられてしまうほど、気落ちして見えたのか。

智平は晶子の横に腰を下ろし、顔を覗きこんでくる。

「何があった？」

「……」

噂は、智平の耳にはまだ入っていないのかもしれない。晶子はどう話したものかと思案しながら、何となく懐に入れていた温石を押さえていた。

「胸が痛むのか？」

「え？　あ、違います。温石を入れていて。だいぶ冷めてしまいましたけれど……」

紙に包んだ温石を取り出して見せると、智平は苦笑する。

「さては膳司から温石を作ってやると言われたな？　見返りを求められただろう」

「どうして御存じなのですか？」

「やはりな。寒くなってくると膳司の何人かが始めるのだ。親切ぶって温石を作ってやると言うが、質が悪いのが、人を選んで見返りを要求している。内侍司や弘徽殿、上の女房相手には、作ってやるから何かくれなどとは言わない」

「……まぁ」

「温石が入用なら、薬司《くすりのつかさ》に頼むことだ。薬司は体にいいからぜひ使えと言うだけで、必要なだけ作ってくれるし、見返りなど求めてこないからな」

どうやら麗景殿は侮られたらしい。

「ありがとうございます。明日、皆にも教えます。……お詳しいのですね」

「後宮育ちだからな。まぁ、中には小賢《こざか》しいのも欲深いのもいるさ」

智平はそう言いながら、晶子の背をさする。

「それで？　落ちこんでいるのは温石のことか？」

「あ……いいえ。温石は、まったく。そうではなく……」

晶子はすっかり冷えてしまった温石を、手を伸ばして文机に置き、そうではなくて、ともう一度言った。

「……わたくしが、後宮に災いをもたらすのだそうです」

「何だって？」

「正しくは、子の日子の刻生まれの女ですが……」

晶子はぽつぽつと、昼間聞いた噂のことを智平に話す。

智平は晶子の肩を抱き、じっと耳を傾けていた。

「……何の日、何の刻に生まれたかなど、わからないという女房は何人もいました。子の日子の刻に生まれていても、それを知らないという者もおりましょう。ですが、少なくともわたくしは、自分が子の日子の刻生まれだと知っております」

「そうか」

ひととおり話したところで、智平がようやくひと言返す。

その声に怒りが含まれているように聞こえて、晶子は目を上げた。近くの釣燈籠の灯りでかろうじてうかがえる智平の表情は、声のとおり剣呑《けんのん》に見える。

「怒って……おいでですね……？」

自分が育った後宮に災いがもたらされるなどと聞いては、やはり気分が悪いだろうと思い、晶子はわびようとしたが。

「怒るに決まっている。そんなくだらない話で、私の大事な妻を苦しめるとは」

「えっ……？」

もしや、噂のほうに怒っているのか。

「まず、本人が知っているかいないかは別として、世間にも後宮にも、子の日子の刻生まれの女人など、いくらでもいるということは、あなたにもわかるだろう」

「は……はい」

いくらでもいるのかはわからないが、そこまで珍しいわけでもないはずだ。子の日など十二日に一度はめぐってくるし、子の刻も同じである。

「だからあなたは何も気にすることはないし、それ以前にその夢占は妙だ。夢解きというより、まるで予言ではないか。夢占など曖昧なことも多いのに」

「……」

たしかに、よほど自信がなければ、災いをもたらすと断言できないだろうが。

「あなたが気にするなら、その噂について調べてみよう。話は人を介していくうちに大本とはまるで違って伝わっていたということは、よくあるから」

「そう……ですね」

今回は、話の出どころが弘徽殿だというのはわかる。占われたのは弘徽殿の女御の夢だ。しかし麗景殿の女房の立場で、弘徽殿に詳細を尋ねることはできない。

「宮様は、最近後宮でおかしなことが起きていることは、御存じで……」

「梨壺の女房から聞いたのは、弘徽殿の女御が寝こんでいる話と、鼠がやたらに死んでいたせいで承香殿の者たちが里に帰った話ぐらいだな。弘徽殿の様子は相変わらずらしいが、体はどこも悪くないというから、むしろ治しようがないと、医師と薬師が困っているようだ。承香殿も、まぁ、そのうち帰ってくるのではないか」

どうやら智平は、あまり気にしていないらしい。晶子の肩から少し力が抜ける。

「……どこも悪くないのに寝こんでいるというのは……」

「さて、どういうことなのかな。少なくとも医師たちが深刻になっている様子はないようだ。──弘徽殿の妹が心配か？」

「それは……ええ。特に仲がよかったわけでもありませんが、気になります」

「何だ、仲がよくはなかったのか」

「それぞれに女房がついていて、一緒に遊ぶようなこともありませんでしたから」

幼いころのことはあまり憶えていないが、物心ついてからは、ほとんど別々にすごしていた。同じ屋根の下にいながら、一度も顔を見ない日も珍しくはなかった。

「まぁ、私も姉と妹がいるが、特に親しくもしていないな。弘徽殿のことは、左府が必死で祈禱させているというから、そのうち元気になるだろう」

智平は晶子の背を軽く二度叩くと、夜具にしていた衣を引き寄せる。

「もう遅い。そろそろ休もう」

「こちらにお泊まりになるのですか？」

「あたりまえだろう。私はあなたの何だ？」

「……夫です」

簡潔明瞭な返事に、智平は満足げにうなずくと、晶子を腕の中におさめたまま横になった。馴染んだ香りに、晶子はほっと息をつく。

あれほど寝られなかったのに、智平の腕を枕に、晶子はすぐ眠りに落ちていた。

ぐっすりと――確かに眠っていた。

どれくらい経っていたのかは、わからない。だが、急に智平が動いた気配がして、晶子はぼんやりと目を開ける。

「……朝、ですか……？」

「違う。起こして悪いが、晶、様子がおかしい。火事だという声が聞こえる」

「えっ？」

物騒なその言葉に、さすがに一気に覚醒して、晶子も跳ね起きた。

耳をすますと、火事を触れまわる幾つかの声がどこからか聞こえる。間違いない。

「確かめてくる。あなたは身支度を」

「は、はい」

智平は衝立に掛けてあった小袿を晶子に着せかけ、素早く御簾の外へ出ていった。

あちこちで物音がする。他の女房たちも目を覚まし始めたのだろう。

子の日子の刻生まれの女が、後宮に災いをもたらす――

再び頭に浮かんだそれを払い落とすように首を振り、晶子は小袿に袖を通した。


火事は、藤壺の殿舎で起きたものだった。

夜、休む前に女房たちが一度見まわったが、そのさいに火の気はなかったという。

また宮中を警衛する近衛府の者たちも、夜間の巡回で藤壺付近を通ったが、常と変わりはなかったということだった。

だが、子の刻からそろそろ丑の刻になろうかというころ、藤壺の庭でけたたましい猫の鳴き声が響いた。

火を最初に見つけたのは人ではなく、猫――かの巽の衛士だった。

歩きまわるのを好む巽の衛士は、梨壺からはるばる藤壺あたりまで出かけることがあったらしい。そうした散歩中、火事を見つけて鳴き続けた。すると巽の衛士に呼応して、藤壺の屋内で飼われていた猫たちまでもがいっせいに鳴き始めたものだから、藤壺の女房たちは否応《いやおう》なく起こされ、何かが燃えるにおいに気がついたのだ。

発見が早かったおかげで、燃えたのは東側の簀子の一部だけですんだという。

しかし当然、鎮火するまでは大騒ぎになったため、後宮中が火事の触れに起こされる破目になったのだった。

◇　◇　◇

「いやぁ、お手柄でしたね、巽の衛士」

黒く焦げた簀子の床板に顔を近づけ、智平の乳兄弟、光基が感心した口調で言う。

「このところ風が乾いてますから、もっと燃え広がってもおかしくなかったですよ。衛士の名に恥じない働きでしたね」

「主上も同じように褒められていた。巽の衛士も鼻が高いだろうよ。……それで？」

智平は少し離れたところで、火事の痕跡を検分している光基と近衛府の役人らを、腕を組んで眺めていた。

一夜明けても、あたりはまだ焦げくさい。藤壺の女御も女房たちも、今朝から隣りの梅壺に避難しているという。修繕がすむまで、そちらで暮らすらしい。

「まぁ、どう見ても付け火ですよ。簀子に油がしみてるところもあります」

「やはりな」

火の気のない場所だ。付け火以外に考えられない。

「左近衛と右近衛の巡回が交代する時間が狙われたみたいです。下手人、捕まえられますかね。現場を見た者はいないですし、証拠になりそうなものも残ってないです」

「直接付け火をした下手人は難しいだろうが、火を放てと命じた者なら見当はつく」

「え、誰なんです？」

光基だけでなく、検分していた役人らまで振り返った。智平は苦笑する。

「おそらく、承香殿に死んだ鼠を十何匹も並べさせたやつだ」

「あれも誰かの仕業なんですか？」

「一匹二匹ならともかく、鼠が十何匹もいっぺんに庭先で死ぬか？」

「……ないでしょうね」

光基は近衛府の者たちと何か言葉を交わしてから、智平のもとへ駆け寄ってきた。

「この件は右近衛のほうで扱うそうです。あとで報告をもらってきますが……」

「頼む。私はわかっているところまでを主上にお伝えして、梨壺に戻る」

「源《げん》亜相邸で来月の豊明節会《とよのあかりのせちえ》の打ち合わせをするの、今日じゃなかったですか？」

「欠席すると使いを出してある。いまはなるべく、晶についていてやりたい」

「姫君に？　……もしかして、次は麗景殿で何かあるかもしれないんですか？」

弘徽殿、承香殿、藤壺ときた。女御が使う殿舎で異変なく残っているのは、これで麗景殿だけになった。

智平は口の片端をゆがめ、ふん、と鼻を鳴らす。

「さてな。鼠程度ならともかく、ここまでのことをしでかして、それでも何も動きがなかったら、次に何をしてくるか……」

「はい？　何なんです？」

光基は怪訝な顔で智平を見た。

焼けた簀子の検分を終えた近衛府の役人たちは、今度は庭先を調べ始めている。

「いや、あとで話す。ここでは誰が聞いているかわからないからな」

そう言いながら、智平はゆっくりと首をめぐらせ、藤壺の東隣りの殿舎に目を向けた。薄曇りの空の下、築垣《ついがき》の向こうは静まりかえっている。

「後宮の争いに口出しする気はなかったが……晶を苦しめるというなら、話は別だ」

鋭い目でつぶやくと、智平は踵を返し、門のほうへと歩き出した。

◇　　　◇　　　◇

そして火事から数日のうちに、新たな噂が流れ始める。

弘徽殿で女御が寝こみ、承香殿で鼠が大量に死に、藤壺で火事が起きた。何ごともなく無事なのは、麗景殿だけである。

麗景殿にだけ何も起きないのは、むしろ麗景殿が原因だからなのではないか。後宮に災いをもたらすという子の日子の刻生まれの女は、麗景殿にいるのではないか。

そうに違いない。きっとそうだ。

すべての元凶は、麗景殿にいる、子の日子の刻生まれの女にあるのだ――


「子の日子の刻生まれの女というのは、どの女房だ」

杖で体を支えながら是望が麗景殿に現れたのは、昨今の奇怪な出来ごとが何もかも麗景殿のせいだという噂が、後宮中にあまねく広まったころだった。

麗景殿の女御は、小少将や松尾たちとともに、猫の雪と月舟の首に飾り紐をつけてやっている最中だったが、先触れもなく突然訪れた父親に、落ち着いて向き合った。

「御無沙汰しております、お父様。……そう申されましても、自分の生まれを正しく知っている者ばかりではございませんので、わかりかねます」

「わかるだろう、それぐらい」

「お父様は、何の日何の刻のお生まれでしょう？」

「……」

是望は途端に、言葉に詰まる。つまり憶えていないのだ。

晶子は几帳の陰で、眉をつり上げ顔を紅潮させている父の様子をうかがっていた。たまたま几帳のあるところで紐の残りを片付けていたのは、幸いだった。とりあえず姿を隠せる。

女御は萌黄色の紐を手にしながら、息をついた。

「もしやお父様まで、あのような噂を信じておいでなのですか？　もしわたしが子の日子の刻生まれでしたら、どうされるのです？」

「お、おまえなのかっ？」

「わたしは戌の日生まれです。お父様、まだお体がよろしくないようでしたら、無理なさらずお帰りくださいませ」

「そうはいくか！　弘徽殿はいまだに寝こんでいるのだぞ」

もう十数日は経つのに、卯の姫はまだ起きられない状態なのか。

すると小少将と松尾がそれぞれ抱いていた猫たちが、そろって低くうなり声を上げた。是望はそこでようやく猫に気づいたのか、ぎょっとして後ずさる。

「な、何だ、猫など」

「この子たちは主上にいただいた猫です。お父様に飛びかかった猫ではありません」

「主上に？　ふむ、おまえは主上とはうまくやっているようだな」

「――左府様」

どこからか険のある声が聞こえた。皆が声のしたほうを振り向くと、御簾の向こうの西廂に、女房と思しき影が三つ見えた。

「どなたです？」

すかさず小少将が問うと、荒っぽく御簾を掻き分けて、三人が身舎に入ってくる。

「私は弘徽殿の女御様付きの、小督《こごう》です」

名乗ったのは三人のうちの一人だけだった。きつい顔立ちのその女房はまだ若く、二十歳そこそこに見える。後ろに控えている二人も、扇に隠れてほとんど顔が見えないが、同じくらいの年ごろらしかった。

「左府様、私どもは、子の日子の刻生まれの女を追い出していただきたく、左府様にお頼みしているのです。そうでなければいつまで経っても女御様が」

「わ、わかった。わかっておる」

小督なる女房ににらまれ、是望はひとつ咳払《せきばら》いする。

「そうだ。子の日子の刻生まれの女房だ」

「ですから、そう仰《おつしや》られましても、本当にわからないのです」

わからないと女御は言っているが、晶子は、いや、おそらくどの女房も、何の日の生まれかなど、ただの一度も確認されたことはない。

「それに……もし、そのような女房がいても、わたしは追い出したりいたしません」

「何だと？」

「皆、わたしの大切な女房たちです。誰か一人でも、いなくなるのは困るのです」

おっとりと、しかしきっぱりと、女御は微笑みながら言い切った。

是望があ然とする横で、小督が顔色を変える。

「何だと!?　そなた、弘徽殿の女御様が寝ついたままでいいと言うのか!?」

「ちょっと、何なのその口の利き方は！」

小少将が猫を抱えたまま、すかさず立ち上がった。猫も一緒に威嚇の声を上げる。

「黙れ！　たかが受領の家から出た女御など」

「あんたはただの女房でしょ！」

「おい、よせ。うるさいぞ」

今度は是望がうんざりした顔で二人を止めた。

「大声を出すな。腰に響く。……あー、麗景殿よ。どうしてもその女房がわからんのなら、里へ帰れ」

「はい？」

「わからんのなら、全員が出ていくしかあるまい。車を用意するから、すぐに帰れ」

「お、お待ちを――」

最年長の侍従が、すかさず前に出た。

「こちらの女御様には今宵《こよい》、主上のお召しがございます。帰るわけには……」

「それがどうした。お断りすればよかろう」

是望ではなく、小督が侍従をさえぎった。これには集まってきていた麗景殿の女房たちが、口々に抗議の声を上げる。

「何て横暴な……！」

「主上より弘徽殿が偉いっていうの!?」

「何様なのよ、あんた……！」

「――ああ、待て待て待て。待て、わかった」

是望が杖の先で二度、床を叩いた。女房たちは小督をにらみながらも口をつぐむ。

額に浮いた汗を手の甲で拭い、是望は大きく息を吐いた。

「……主上には儂からお話しする。だから、帰れ。わかったな」

「お父様――」

常に落ち着いた態度を崩さなかった女御の表情が、はっきりゆがむ。その顔色は、すでに血の気が失《う》せていた。

「せめて……せめて明日ではいけませんか。主上に御挨拶をしてから……」

「い、いや、いかん。今日だ」

小督にすごい形相でにらまれて、是望は慌てて首を横に振る。

……駄目だわ。

晶子は几帳の陰で、歯を食いしばっていた。

このままでは、女御が実家に帰されてしまう。帰されたら、次にいつここへ戻ってこられるか、わからない。

ただでさえ帝の寵愛を得たことで、弘徽殿にはやっかまれているのだ。一度麗景殿を離れれば、きっと弘徽殿は、後宮への帰還を阻止してくるだろう。そうなっては、女御が帝に逢えなくなってしまう。

女御を守らなくてはいけない。生まれの日など尋ねようともしなかった、一人でもいなくなると困ると言ってくれた、大切な主を。

「――子の日子の刻生まれは、わたくしです」

震えそうになる声を、出せる限り振り立てて、晶子は立ち上がった。

皆の視線が集中する。

だが晶子は、まっすぐ是望を見すえていた。

「これまで黙っていて申し訳ございません。わたくしが、左府様がお探しの、子の日子の刻生まれの女房でございます」

「三笠――」

女御が気遣うような目で、見上げてくる。晶子は女御に深々と頭を下げた。

「女御様は、どうぞこのままで。わたくし一人で下がらせていただきます」

「三笠、わたしのために偽らなくてもいいのよ」

どうやら女御は、この場を穏便に収めるために、晶子が犠牲になろうとしているのだと思っているらしかった。

だが違う。晶子は女御を見つめ、緩く首を振った。

「いいえ女御様。本当です。わたくしは間違いなく、子の日子の刻に生まれました」

「三笠……」

「そら御覧、やはりいたではないか!」

小督の勝ち誇った声が、身舎に響き渡る。

是望はぽかんと口を開けて晶子を見ていたが、やがて好色そうな笑みを浮かべた。

「お、おまえか。そうか。よし、わかった。すぐにここを出るのだ。心配はいらん。あとの面倒は儂が見てやる」

「お断りいたします。帰る家ならございますので」

「何だと？　儂の親切を無下にする気か」

これほどはっきりと顔を見ても、まだ娘だとわからないらしい。怖気《おぞけ》がする。

晶子は思いきり軽蔑を露わにした表情で、父親の醜悪な面をねめつけた。

「左府様のお世話にならずとも、わたくしには夫がおりますので」

「夫？　どこの誰だ」

「――兵部卿、智平だ。私の妻に何か用か、左府是望」

誰の耳にも強い怒りが伝わる声が、是望の背後から聞こえた。あれほど居丈高だった小督が、ひっ、と悲鳴を上げて振り返る。

御簾の向こう、先ほど小督らが入ってきたあたりに、今度は男の影があった。

「女御がおいでの場所へ入るわけにはいかないから、挨拶はここから失礼する。久しいな、左府。それで、私の妻がどうしたと？」

「え、いや、その」

「ああ、それなら私が先に入って、場を調えよう」

ひとつに見えていた影がふたつになり、智平の後ろから出てきた人物が、御簾の内に入ってきた。白の綾の御引直衣に、紅の袴――

「主上……！」

小督が脇に飛び退き、是望はよろけて杖にすがる。

帝は女御を見つけるとぱっと笑顔になり、すぐにその横に腰を下ろすと、何の躊躇もなく女御を抱き寄せ、袖でその顔を隠した。

「萩の姫に扇を。それと、そこに几帳を立ててくれ」

「主上、どうして……」

喜びと途惑いを半分ずつ見せる女御に扇を持たせ、帝は呆然としている是望を見上げる。

「麗景殿でひと悶着《もんちゃく》起きそうだと、兵部卿宮が知らせてくれてね。——兄宮、入っていいぞ。女御は隠したから」

「おそれいります。では」

智平はすぐに入ってきた。そのまままっすぐ晶子のもとへ歩いてくる。

来てくれたのだ。助けに。いつもそうだ。困ったとき、絶対そばにいてくれる。

我知らず、晶子はぶつかるように智平にしがみついていた。

「晶——」

周りには女房たちが集まっていたのに、人目があることは頭からすっぽり抜け落ちていた。ただただ安心したくて、晶子は智平の胸に額を押しつける。

「大丈夫だ。あなたが出ていくことはないし、そもそもあの噂には何の真実もない。

災いの元凶は麗景殿ではなく、弘徽殿だ。——そうだろう？　弘徽殿の女御」

「……えっ？」

晶子の背に腕をまわして抱きしめながら、智平は小督を振り返った。

いや、違う。

智平の視線の先にいるのは、小督の後ろにいる、名乗らなかった二人の女房。

いずれも唐衣と裳を身に着け、扇で顔を隠している。

「さて、どちらが弘徽殿の女御なのか……」

「——青の表着のほうだろうね」

断じたのは帝だった。

「兄宮は顔を見たことはないだろうが、私は知っているからね。顔を隠していても、あの額の生え際は弘徽殿だ。もう一人の黄色の表着のほうは、弘徽殿の女御の乳姉妹だね。いつも一緒にいるから、そちらもわかるよ」

周囲がざわめいていた。晶子も思わず首を伸ばして、そちらを見る。

女房姿の二人はまだ顔を隠し、身舎の隅で身を寄せ合っていた。

「な、何？　姫？　姫なのか？　いやいや、さっき床に就いていたはず……」

是望がばたばたと近づき、扇の内を無遠慮に覗きこむ。青の表着の女房は身をよじって逃れようとするが、是望は裏返った声を上げた。

「姫——おまえ、どうして……！」

「大方、子の日子の刻生まれの女房が間違いなく追い出されるかどうか、自らの目で確かめにきたのだろう」

「何……!?　痛っ、いたた」

勢いよく振り返った是望は、腰を押さえてうめきながらも、智平に向き直る。

「わけがわからない！　これはどういうことです、兵部卿宮！」

「子の日子の刻生まれの女が後宮に災いをもたらす——だったか？　弘徽殿の女御の夢占は、左府も聞いているだろう。それで、何か災いが？」

「もちろん聞いていますとも。現に姫は寝こみ、他にも鼠やら火事やら……」

「だが、それらはすべて、人が作為的に起こせる災いだ。鼠は罠《わな》を仕掛けて捕らえたものを庭に並べたのだろう。藤壺の火事は付け火だ。近衛府も確認している。あとは蛇が死んでいたとか雀の羽がどうとかいうのもあったが、そのようなことは珍しくもない。生き物とて時がくれば死ぬし、猫が鳥を襲えば羽も散らばる。こじつけだ」

智平の淡々とした言葉に、周囲が微かにざわついた。

言われてみればそうだ。これまでの災いは、人が起こせるものばかりだった。

「し、しかし、兵部卿宮」

「もちろん、病のふりをして寝こみ、見てもいない夢を誰ぞに都合よく占わせれば、偽りの呪いを他人のせいにもできる。弘徽殿の女御が寝こんでいるのは、詐病だ」

「う……」

「それよりも――左府」

智平は嘆息し、腕を開いて是望に晶子の姿を見せた。

「貴殿は先ほど、子の日子の刻生まれの女房を探していたが、子の日子の刻生まれと聞いて、誰か思い浮かばなかったのか？」

「誰か……？　いや、儂の知り合いには、そのような」

次から次へとくり出される話にすっかり混乱しているようで、是望はしきりに額の汗を拭っている。晶子は苦々しい気分で顔を上げた。

「宮様、思い出させようとなさっても無理です。そのような娘がいたことさえ、もうとうに忘れているのです」

「では、父親でありながら、子の姫の名さえ憶えていないと？」

「名は憶えていたとして、興味が失せれば由来など忘れているでしょう」

入内させる値打ちのなくなった娘など、この世にいないも同然なのだ。

「なるほど。――そういうことか？　左府。貴殿に子の日子の刻に生まれた娘がいたことなど、もはや頭に微塵も残っていないと？」

「は？　いや、たしかにそのような娘はおりましたが、とうに出家……」

是望の困惑の目と、晶子の冷ややかな目が合う。

「ええ、お父様。あなたに髪は切られましたが、十年も経ちますと、これくらいには伸びますの。いろいろありまして、出家はやめました」

「……ねっ、子の姫……!?」

御簾の向こうで、女御が息をのむ気配がした。ざわめきがさざ波のように広がる。

晶子は大げさにため息をついてみせた。

「十年ぶりとはいえ、娘の顔を忘れたあげく、召人にしようと目論《もくろ》むなど、情けないにもほどがあります。お母様がお聞きになったら、さぞお嘆きでしょう」

「う、それは……」

「そうだな。十年ぶりとはいえ、妹のほうは姉がここにいると見破ったというのに」

見破った——

そうなのか。父は娘をすっかり忘れていたのに、妹は姉を憶えていたのか。

卯の日卯の刻生まれの、六つ年下の妹。

「……卯の姫」

青の表着の女房に目を向けると、顔を扇で隠したまま、隅の柱にもたれて座りこんでいた。それを黄色の表着の女房が、肩を抱えてどうにか支えている。

「あなた、わたくしがここにいると、気づいていたの……?」

「気づいたのは、古参の女房たちですよ」

小督が横目で晶子をにらみながら、いまいましげに告げた。

「ここの女御の付き添いで清涼殿へ行く中に、子の姫に似ている女房がいると……。弘徽殿の女房には、昔あなたの女房だった者が何人もいますからね」

弘徽殿にこちらが見知った顔がいると思ったが、やはりそうだったのか。

「でも、そんなはずはないと思っていたんです。だって、出家されてるんですから」

硬い声で言った黄色の表着の女房が、晶子を見上げる。その顔にはたしかに、晶子にも憶えがあった。そう、いつも卯の姫の隣りにいた乳姉妹だ。

「そんなはずはないのに……あれは、あの歌を吟じる節まわしは、間違いなく子の姫様でした。だから麗景殿へ探りにいったんです。そうしたら、女童が、あなたを子の姫様と呼んでいて」

濡れた衣を干していた小稲が、うっかり慣れた呼び方をしてしまった、あのときか。いや、小稲のうっかりがなくても、遠くないうちに正体は知られていただろう。

「そう。……わたくしの歌い方なんて、よく憶えていたわね」

「忘れさせてもらえなかったのよ」

母に似た懐かしい顔が、恨みのこもった目でこちらを見すえていた。

「もっとなよやかにお歌いなさい、お姉様はそれはそれは美しく歌われます、お姉様はあなたの年ごろにはもうお上手に琴を弾いておいででしたよ、かな文字はお姉様をお手本になさいませ、お姉様は、お姉様は、お姉様お姉様――」

腕を振り上げ、卯の姫が力任せに扇を投げつけてくる。しかし開いたままの扇は、ふらふらと舞い落ちて、晶子の足元にすべってきただけだった。

「昔からそうよ。ずっとずっと、みんなあんたを見習え見習えって……！　あんたがいなくなってせいせいしたのに、今度は何!?　お姉様の代わりに入内するのですから完璧な東宮妃におなりなさい、って言うのよ！」

顔を真っ赤にして泣きわめく――二つか三つのころの妹の姿を思い出して、晶子は場違いな懐かしさを噛みしめていた。

あのころは、泣いて駄々をこねる妹でも、可愛いと思っていた。

「頑張ったわよ、全部！　だからもう誰もお姉様はお姉様はなんて言わなくなって、やっと完璧になったのに、何でいまさら戻ってくるのよ!?」

「卯の姫、わたくしは……」

「あんなみっともない髪で出家してないなんて、結局、髪が伸びたら入内するつもりだったんでしょう!?　あんな、あんな渡らでやまむものならなくに、なんて歌を詠んで……！　全然あきらめてなかったんじゃない！」

「は……？」

水たまりを突破するときの歌なら、あれは麗景殿の女御の代わりに詠んだものだ。

あきらめず想い人に逢いにいくという意味の歌を、そんなふうに解釈していたとは。

「もう嫌！　藤壺だけでもわずらわしいのに、またお姉様お姉様って聞かなきゃいけないの⁉　嫌よ、出ていって！　一番の女御はわたしなんだから……！」

最後はほとんど絶叫のようにわめいて、卯の姫は頭を抱えて泣きじゃくる。乳姉妹がその背をさすり、懸命になだめていた。

「……完璧、ね……」

それはかつて、晶子に求められていたものだ。

「懐かしいわね。わたくしもよく言われたわ。叔母様を見習って完璧な東宮妃におなりなさい、って。でも、そう言われても、完璧な東宮妃が何なのか、ちっともわからなかったけれど」

「晶の叔母上というと……」

「前の麗景殿の女御様です。主上のお母君の」

「……母上が完璧な女人だったとは思えないなぁ」

几帳の内から、帝がのんびりとした口調で応じる。

「何だかいつも取りすましていてね。あまり笑ったところを見たことがない。そういう意味では、弘徽殿の姫は母上に似ているな。……しかし、そうか。弘徽殿はいつも他所の女御の様子ばかり気にしていると思っていたが、他所と比べて秀でていることが大事だったのか」

「女房たちからは完璧を求められますが、父に言わせますと、皇子さえ産めばあとはどうでもいいそうですので、いろいろ学んでも、虚しくなるばかりでした」

晶子が再び一瞥《いちべつ》すると、杖を両手で握りしめた是望は、気まずげに顔を背けた。

「お父様はともかく……卯の姫、これだけはわかっておいてほしいのだけれど」

言うだけ言ったら少し落ち着いたのか、卯の姫は鼻をぐずつかせながら、のろのろと顔を上げる。

「わたくしが入内したいと思っているなら、素性を隠して女房勤めなんていうまわりくどいことはしないで、堂々と四条の家に帰るわ。そうしていないのは、いまさら女御になる気なんて全然ないからよ」

「……なら、どうして……」

卯の姫の眉間に、皺が一本、刻まれた。

「それは……」

「――子の姫がここで働いているのは、私の我儘《わがまま》に付き合ってくれているからだ」

何故わざわざ女房勤めをしているのか、簡潔には説明できず、言いよどんだ晶子の代わりに、智平が答える。

「私は以前から子の姫に懸想していたが、子の姫はなかなか尼寺から出てきてくれなくてね。都へ戻ってもらう理由を探していたところに、麗景殿の女御が入内のための女房を募っていると聞いて、幼いころ学んだことを活かして助けてはどうかと、子の姫に勧めたのだ。それでようやく、尼寺から連れ出せた」

「執念だなぁ……大和まで行って……」

感心したように帝がつぶやいたが、どうやらこれまでの諸々《もろもろ》は、帝も承知しているらしい。智平から筒抜けだったとすれば、帝は以前から、女房三笠の正体を知っていたことになるが。

「……失礼ですが、主上、わたくしが左府の娘だと、いつから……」

「最初から知っていたよ。何しろ十年前、二の宮の添い臥しに選ばれた姫君を見てみたいと兄宮を誘ったのは、私だからね」

「え……」

では、垣間見ていたのは智平だけではなかったのか。

「あの二の宮の妃になるという姫君が気の毒で、どんな女人なのかがどうしても気になって、兄宮についてきてもらったのだが……私が頼んだばかりに、兄宮を十年もの苦しい恋に落としてしまった」

「まぁ、結果として私の妻にすることができましたので、構いませんよ」

智平のその言葉に、妻、とうめくようにつぶやいて、是望が一歩前に出てきた。

「儂は聞いておりませんぞ、兵部卿宮。いくら宮といえど、親の許しなく……」

「その親が、娘を忘れていたのだからなぁ」

苦笑まじりの帝の声に、是望の顔がさっと赤くなる。

「左府、私に免じて許してやってくれ。一度は娘を、あの二の宮の妃にしようとしただろう？　それを思えば、兵部卿宮と結婚させたほうが、よほど娘のためになる」

「……む……」

「第一、兵部卿宮以上にふさわしい結婚相手などいないのではないか？　ああ、私の後宮には、これ以上左府の娘を増やさなくていいぞ。どうせ弘徽殿も承香殿も、私にたいして興味を持っていないんだ。心の通わない女御ばかりがいても、私も楽しくない。……いや」

是望に向けて告げたあと、帝は何やらぼそぼそと付け加えた。どうやら傍らにいる女御に、萩の姫だけは違う、というようなことを言っていたようだ。

しかし心が通わないとまで断言されてしまった卯の姫のほうは、帝の言葉どおりに本当に興味がないのか、柱にもたれて不機嫌そうに黙している。ここは建前でも、そんなことはありませんと反論しておくほうが、立場上いいような気がするのだが、小督と乳姉妹は、そんな卯の姫におろおろしている。

「左府、私は子の姫を不幸せにはしない。それでも私との結婚は認められないか？」

「そ、それは……」

「わたくしは別に、お父様に認めていただかなくても結構です。髪を切られたとき、縁も切れておりますので、今後も四条藤原家の娘を名乗るつもりはありません」

正式な結婚は無理だの何だのと言っていたくせに、我ながら勝手なものだと思いながら、晶子はつんと顎を上げてみせた。

是望は一気に十も老けたような疲れた顔で、息を吐く。

「もういい。好きにしろ。……主上、どうにも腰が痛みますので、これにて失礼させていただきます」

「ああ。よく養生するといい」

是望は帝のいる几帳に向かって一礼し、ごつ、ごつ、と音を立てて杖をつきながら、麗景殿を出ていった。杖の音が聞こえなくなると、帝が立ち上がる。

「さて、私も戻るとしよう。萩の姫、今夜必ず来るんだよ。……それから、弘徽殿」

帝は几帳の内から出て、まだ座りこんでいる卯の姫を見下ろした。

「付け火はいけない。絶対にだ。ただ、藤壺があまり騒ぎを大きくしたくないと言っている。ほとぼりが冷めるまで、しばらく里に帰っていなさい」

青白い顔でうつむく卯の姫は、帝の言葉にひと言の返事もしない。小督と乳姉妹が代わりに平伏して何度も頭を下げ、先ほど晶子に投げつけられた扇を拾い、卯の姫を無理やり立たせて両脇を抱えると、引きずるようにして身舎から出ていった。

何か声をかけようか、晶子は一瞬考えたが、結局何も言わずに見送った。

四条藤原家を去った自分と、これからも残るしかない卯の姫とでは、もう何もかも違っているのだ。

「行こうか、兄宮。――萩の姫、また夜に」

帝が御簾をくぐって外に出る。智平もあとに続こうとして、晶子を振り返った。

「今夜は梨壺においで。話したいことがあるから」

返事をする間もなく、智平も出ていく。

足音が遠ざかると、急に膝の力が抜けて、晶子は床にしゃがみこんでしまった。

「……三笠……」

首だけひねって呼ばれたほうを見ると、几帳がどけられ、何ともいえない顔をした女御と目が合う。晶子は這うように体の向きを変え、女御に対峙《たいじ》した。

「……素性を偽っておりました。申し訳ございません」

「あなたは……わたしの、姉君……なの……?」

「藤原是望の娘という意味では、そうなりますが――」

晶子は床に手をつき、頭を下げる。

「どうぞ、わたくしの出自はお忘れください。いまのわたくしは、麗景殿の女御様にお仕えする、ただの女房でございます」

「……でも……」

女御だけでなく、皆が困惑していた。女房たちもそれぞれ顔を見合わせ、どうしたものかと迷っている。

「あのぉ……」

女御の背後に立ててあった几帳の裏から、小稲が顔を出した。

「三笠さん、たぶん、いまからお姫様に戻るの、無理ですよ」

「え？」

「あたしが物心ついたときから、近所に子の姫様って呼ばれてるきれいなお姉さんがいて、どこの人かわからないけど、実は偉い人の娘さんなんだって言われてて……。でも、子の姫様って呼んでたくせに、あたし、本当にそんなすごいお姫様だなんて、信じてなかったですもん」

少し決まりが悪そうに、小稲は肩を縮める。

「だって、若菜摘みで大はしゃぎしたり、棒を振りまわして鼠を追い出したり、芋を洗って泥だらけになったり……そういうところ、見てましたから。あたし、女御様を見て、本物のお姫様ってやっぱりおしとやかなんだなぁ、って」

「ちょっと――ちょっと、小稲」

側にいた能登が、小稲の小袿を手荒く引っぱった。

「それ本気で言ってるの？　三笠ってあたしたちから見たら、そこらの女房と全っ然違うんだけど」

「でも、皆さん鼠は追い出せないじゃないですか」

「それはできないけど。そうじゃなくてね、あーもう、何て言ったらいいのか……」

「――能登さん」

晶子は苦笑しつつ、首を横に振る。

「小稲ちゃんの言うとおりです。十年は短くはありません。わたくしは、もう以前の『子の姫』には戻れないのです。もちろん、戻るつもりもありませんが」

「……それでいいの？　あなたは……」

女御の視線は、晶子の顔と、その背に流れる髪とで揺れていた。自らの意思で髪を切ったわけでもないのに、と思っているのだろう。

「はい。わたくしは女房として働くほうが、性に合っているようです」

女御の視線が、そう言い切った晶子の笑顔に定まる。

「……三笠、でいいの？」

「これまでどおり、そうお呼びください」

「そう。……少し残念。わたし、昔からお姉様がほしかったのよ」

女御がいたずらっぽく、ちらりと舌を出した。周囲の空気が、ほっと緩む。

「いいんじゃないですか？　どうせいつかは弘徽殿も承香殿も女御様が戻ってくるんですから、三笠さんがいてくれたほうが、もういじわるされなくてすみますよ」

「あー、それはそうかも……」

「三笠が兵部卿宮様の恋人だって、あんまり言いふらさないほうがいいのかと思ってたけど、それももう言っちゃっていいってこと？」

「そうね。このさいだから、麗景殿には三笠の君と兵部卿宮様がついているのだと、後宮中に触れまわりましょうか」

いままでと同じでいい、むしろ後ろ盾になる存在ができたとわかった途端、にわかに女房たちが活気づいてくる。その変化の早さに晶子が目を丸くしていると、女御が困ったように眉を下げた。

「……あんまり強気になっても、また揉めごとになってしまうわよ？」

「そうですね……」

「ああもう、調子に乗って……。あなたたち、落ち着きなさい――」

盛り上がる女房たちをなだめるために、侍従が億劫そうに腰を上げる。

晶子と女御は、互いに小さく笑い合った。

「まぁ、あなたのことだから、そうするのだろうと思ったが……」

夜になり、言われたとおり梨壺を訪れた晶子は、まず今後も三笠として女房勤めを続けることを智平に報告した。

「それでは、私と一緒に暮らすのは、やはりしばらく先になるか」

「えっ？」

「何で驚く。夫婦なのだから、一緒に暮らしてもいいだろう」

智平は脇息に頬杖をつき、口を尖らせる。

「……もう、一緒に暮らしているようなものだと思っておりました」

「少なくとも私は、もっと人目を気にせず、あなたと夫婦らしくしたいのだが？」

「それは……」

たしかに、後宮は人が多い。常に人目を気にしている自覚は、晶子にもあった。

「話すつもりでいたのは、そのことだ。私もこのまま住まいを定めず、梨壺に居座ったままでいるわけにもいかない。だから、あなたと暮らせる家を求めることにした。幸い、ちょうどいい土地が見つかったからな」

「……どちらです？」

「六条だ。あなたとの結婚の許可を得るため、尼君たちの庵を訪ねたら、裏の土地が半町ぶん空いていた。所有者を探して売ってもらえる手はずがついたから、これから建物と庭を造る。……だから結局、当分はまだ後宮暮らしだがな」

盛大にため息をつく智平に、晶子は微笑を浮かべる。

「六条の新居ができ上がるころには、麗景殿の女房も、もっと増えておりましょう。人手があれば、わたくしもお勤めは年の半分くらいでもいいと思っております」

「何だ、人手の問題なのか？　それなら私も本気で集めてやる」

「住まいがまだでしょう。……宮様は、わたくしが勤めを続けるのは反対ですか？」

「反対ではないし、無理に辞めさせるつもりもない。――が、他所の男の目に留まる場所にあなたを置いておくのも、愉快ではないというだけだ。麗景殿に人が増えれば、出入りする男も増えるからな」

眉間にくっきりと皺を刻み、智平は不機嫌さを隠そうともしない。

晶子は笑いを堪えつつ、智平の顔を覗きこんだ。

「なるべく人前に出ないようにいたしましょう。それで我慢してくださいませ」

「……ふん」

完全にすねたていで、智平は手を伸ばすと晶子を抱き寄せる。晶子はおとなしく、智平の腕の中におさまった。

智平はしばらく晶子の頭を撫でていたが、ふと、低い声で問うてくる。

「大丈夫か?」

「……何がですか?」

「妹のことだ」

昼間、卯の姫から怒りをぶつけられたことを気にしてくれていたのか。

目を上げると、智平の面差しに、もう不機嫌さははかった。

「仕方ありません。ああいう気持ちは、他人がどうこうできるものではありませんから。あれは、妹が自分で折り合いをつけるしかないのです」

「それもそうだな。私には、やつあたりにしか見えなかったが」

「あれで妹の気がすんだなら、わたくしはそれでいいです。ただ藤壺の女御様には、たいへんな御迷惑をおかけしてしまいましたが……」

「あちらには右府を通して、私から説明しておこう。あちらも大事にする気はないから、心配しなくていい」

いたわるように髪を梳く指を、心地いいと思いながら、晶子は目を閉じる。

「……宮様がいてくださって、よかったです」

仕方ないと思いながらも、どうしようもない寂しさはあった。仲のいい姉妹というわけでもなかったが、自分は決して妹を嫌ってはいない。大和の庵にいて、卯の姫は元気にしているだろうかと、思いをはせたときもあったのだ。

こんな日の夜を独りで明かさずにすむ、それは大きななぐさめだった。

「そう言うなら、今夜は私のことだけ考えなさい。今夜だけではないな。明日の夜も、いや昼間も、私のことだけ考えるんだ」

「昼間は無理です……。夜は、だって、もう」

袴の紐が、やけに大きな音を立てて解かれる。

耳を軽く噛まれて、晶子は身じろいだ。

「私は十年間、ずっとあなたのことを考えていた。あなたもこれからは、同じぐらい私のことを考えてくれてもいいと思わないか？」

「っ……考えて、います」

「足りないな。……全然、足りない」

理不尽にも聞こえる要求を耳元で楽しげにささやかれ、何か言い返そうとした口は唇でふさがれる。

否応なく余計なことは考えられなくされて、晶子はただ智平にしがみついていた。

さまざまな噂とともに、女御が特に帝の寵愛を得ている話も広まって、麗景殿には少しずつ女房が増えていた。とはいえ、やはり後宮で最も幅を利かせているのは弘徽殿だということに変わりはなく、ちょっとした小競り合いなど起きながらも、後宮は一応の安定を保っている。

晶子もただの女房として相変わらず忙しく働いていた中、休みをとって六条の尼君たちの家に帰っていた小稲が、日暮れ近くに麗景殿に戻ってきた。

「年が明けたら、女房が一人増えますよ」

「あら、大尼君か三の尼君が、どなたか紹介してくださったの？」

「中の尼君が、やっぱり女房勤めをしてみたいって」

「……まぁ」

女御の衣をたたんでいた手を止めて、晶子は小稲を振り返る。

「中の尼君が来てくださるの？　心強いわ」

「え、大丈夫なんですか？　だって中の尼君って、もう出家しちゃってますし、年も侍従さんとそんなに変わらないですよね？」

「大丈夫よ。しっかりしておいでだもの。出家は……いまからでも、髪を伸ばせば」

「えぇ……間に合いませんって……」

小稲は呆れ顔をしたが、晶子は笑って、たたんだ衣を箱に収めた。

「大丈夫、大丈夫。女御様なら、気にされないわ。——さぁ、これを運ばないと」

「あたし持っていきますよ。三笠さんは、梨壺の方がお待ちですよ」

「どこで？」

「三笠さんの局でくつろいでおいでです。自分の曹司《ぞうし》のように」

「……いつもどおりね」

小稲と苦笑し合って、晶子は立ち上がる。

身舎にいる女房たちはめいめい、繕い物をしたり衣に香をたきしめたりしていた。

そんな光景を見まわし、晶子は御簾をくぐって廂に出る。

自分の局を覗くと、智平が手枕で居眠りをしていた。このまま起こさなければもう少し仕事ができそうだと、晶子がそっと後ずさりかけると、智平が目を閉じたまま、しかめっつらをする。

「せっかく来たのに、どうして逃げる」

「……寝ていらしたのではなかったのですか」

「あなたの気配なら寝ていてもわかる」

言いながら、智平は起き上がってひとつあくびをした。

「夕餉がまだでしょう。こちらに来られるには、早すぎるのではありませんか」

「主上が今夜麗景殿の女御を呼ぶと言っておられたから、あなたがそちらの供をして私を置き去りにしないよう、先に足止めをしておこうと」

「……そうやっていつも宮様に止められるせいで、わたくしはとっくに、清涼殿へのお供の役目を外されておりますが？」

「何だ、そうだったのか」

反省するどころか満面の笑みで、智平は手を差し伸べてくる。あまりに嬉しそうで毒気を抜かれ、晶子は軽く息をつき、おとなしくその傍らに腰を下ろした。

翼で覆われるように、智平の腕の中にふわりと包まれる。

……わたくし、もしかしてとんでもない夢を買ってしまったのかしら。

「ん？　何か言ったか？」

「いいえ、何も……」

夢のせいなのか、そうでないのか、もはや本当のところはわからない。

わかっているのは、これから何十年経っても、きっと、この腕から放してはもらえないということだった。

――本書のプロフィール――

本書は書き下ろしです。

小学館文庫

恋《こ》ふれば苦《くる》し　ゆめうら草紙《そうし》

著者　深山《みやま》くのえ

二〇二四年二月十一日　初版第一刷発行

発行人　庄野　樹
発行所　株式会社　小学館
〒一〇一-八〇〇一
東京都千代田区一ツ橋二-三-一
電話　編集〇三-三二三〇-五六一六
　　　販売〇三-五二八一-三五五五
印刷所―――図書印刷株式会社

この文庫の詳しい内容はインターネットで24時間ご覧になれます。
小学館公式ホームページ　https://www.shogakukan.co.jp

ISBN978-4-09-407333-1